GOBOOKS & SITAK GROUP©

GOBOOKS
& SITAK
GROUP©

三日月書版

三日月書版

DARE YOU TO
有種
你別死
YY的劣跡
illust 生鮮
STAY ALIVE
2
三日月書版
輕世代 BL048

DARE YOU TO STAY ALIVE

Contents

DARE YOU TO
CHARACTER FILE
STAY ALIVE
死なないでくれ
赫諷
Profile
花花公子外貌，十分有女人緣，
擅長利用外貌獲取他人好感。
看起來很厲害，其實膽量很小，
會被屍體嚇到。
專門負責照料林深的伙食。

DARE YOU TO
CHARACTER FILE
STAY ALIVE
死なないでくれ
林深
Profile
冷漠冰山，關鍵時刻很值得信賴。
森林的守林人，處理過各種自殺者屍
體，認為人不該隨意放棄性命。

第二十五章　無影之人（一）

「米五十斤，麵粉二十斤，食用油兩桶，還有一些……」

赫颯計算著手裡的東西，半晌，從口袋裡掏出幾張鈔票，遞給對面的人。

「王伯，您數數看，我算得對不對？」

「哎，不用數啦，小赫你難道還會坑我嗎？」王伯笑咪咪地接過錢，小心翼翼地疊好，塞到襯衣的口袋裡。

王伯是少數幾個和他們打交道的人，每個月都會在固定的時間上山來送些糧食，而有時候更會帶點自家做的小吃送給他們。對於林深來說，這大概是鎮上為數不多的幾個他願意親近的人。

「對了，小赫，這是我家新做的粽子，帶了些給你們，不要嫌棄啊。」

只見王伯剛收完貨款，又從身邊的竹簍裡拿出一個大袋子，裡面裝得滿滿的，一眼掃過至少有四五十粒粽子。說起來離農曆五月還有一段時間，但是勤快點的家庭早就做好粽子，四處送親朋好友了。

赫颯想要推謝。

「不用了王伯，你們自己留著吃，我和林深可以……」

「這是上好的糯米做的，你嬸嬸在裡面放了些瘦肉和自己做的香腸，還加了點醬油潤色。就不知道合不合你們的胃口……」

咕嘟。

赫颯聽到自己咽口水的聲音，剛到嘴邊準備婉拒的話立刻變成了：「那就不客氣了，王伯，我就先替林深收下了。」

他眼明手快地接過裝著粽子的大袋子，道：「下次你們有什麼粗重的工作，直接找我和林深幫忙，我們兩個每天都閒到不行，一身力氣沒地方用呢。」

王伯笑呵呵地點了點頭。

「誰閒到不行？」

林深卻在此時推門進來，「這裡閒到發黴生蟲長蘑菇的，我看只有你一個。」

「小林啊！你回來了？」

林深一改之前對赫颯嘲諷的態度，親切地回應王伯：「嗯，剛剛去了山下一趟。王伯，你帶這麼多東西上山怎麼不說一聲，我也好去幫你拿。」

「我還不老！這麼點東西怎麼會拿不動，不用幫，不用幫！」

林深挑眉，「那上次摔在山路上閃到腰的是誰？」

王伯窘迫，尷尬地傻笑：「那啥，就是一場意外嘛，也沒什麼。」

林深嚴肅道：「我可經不起你再有第二次意外了，嬸嬸也經不起。王伯，這不僅僅是為了你，也為替你擔心的我們多想想，行嗎？」

「好吧，好吧，我知道了，下次注意哈。」

旁觀著被林深「教訓」得一臉愧疚的王伯，赫飒在一旁看得津津有味。

他曾經以為林深對這對老夫妻的態度是裝出來的，因為這和平時顯得冷漠的他大相徑庭，完全不像同個人。不過最近他發現，林深那種少有的溫柔並不是一種偽裝。

他只對真正關心的人，才會顯現這份柔軟。像是一隻防備心重的刺蝟，對外人只露出尖刺，但是對於被他收進心裡的人們，卻會毫無防備地將自己最柔軟的一面展示出來。

王伯，王嬸，還有林深已經去世的爺爺，大概是這世上少有的幾個，能讓這隻刺蝟柔軟下來的人。

「發什麼呆？」

林深抬頭，瞪了赫飒一眼。「還不快把東西抬進屋去？我要送王伯下山，你自己顧著門。」

「好的，明白！您慢走，祝您一路順風～」

赫颯對著兩人揮了揮手，看著林深帶著王伯走遠。心裡感歎，這種半調子的冷漠，有時候才更容易受傷啊。

一旦被真正關心的人背叛，對於林深這樣的人來說，很可能就會是讓他一蹶不振的打擊。

「嘿，我替他操那麼多心幹嘛？」赫颯拎著東西進屋，自言自語道，「反正以那傢伙的眼光，能看入眼的人根本是少之又少，誰還有能耐傷到他？」

「還是關心下個月的薪水吧。對了，上次要買的那個限量版領帶夾，不知道還有沒有貨……」

林深回來的時候，赫颯已經將東西全部收進了廚房，自己熱了幾粒粽子正在那裡剝著吃。林深進來，毫不客氣地從他手上搶走剛剛剝好的一粒。

對於他這種虎口奪食的行為，赫颯已經習以為常，淡定地扔掉手中的粽葉，又剝了另外一粒。

不過當林深想要再次伸手搶走他手裡的這粒時，他就忍無可忍了。

士可殺不可辱，搶我吃的根本是要我老命！赫颯眉毛一挑，斜斜地看向林深。

「看什麼?」林深望著他,「吃得滿嘴都是油,還沾著米,是要讓我瞻仰你這副尊榮嗎?」

赫颯臉紅,連忙伸手去擦嘴。

「笨蛋,左邊一點,上面!算了,我來!」

林深實在是看不下去,伸手替赫颯拈走那一粒米,還捏了捏,感受一下糯米的韌性。

「好米。」

他回頭一看,見赫颯僵在那裡,不由得伸手在他眼前揮一揮:「怎麼了?」

赫颯似乎是呆住了,好半晌,就在林深快不耐煩時,他猛地雙拳捶桌,自暴自棄般地大喊道:「我的一世英名,就這麼毀了!啊啊啊啊啊!」

林深莫名其妙地看著他。

赫颯的心裡像爆發的火山般沸騰,林深剛才那是什麼動作,那是什麼動作?!輕輕拈去對方嘴角的一粒米,再溫柔一笑,這不是他以往殺必死的泡妞三十六式之一嗎!如今竟然輪到他被人這麼做,而且還傻乎乎地沒反應過來。

他的英名何在,他的尊嚴何在?!

就在赫颯內心淚奔時，林深很自然地拿走他手裡剝好的第二粒粽子，自顧自地吃起來。財色兩失，說的正是赫颯此情此景。

搶粽風波一直到下午才過去，赫颯斤斤計較了好久，就連做午飯時，也少煎了一顆蛋來報復林深。

不過，林深似乎根本沒注意到他這種幼稚的復仇行為，午飯吃得乾乾淨淨，吃完了還不忘抹一抹嘴。這讓赫颯內心更加狂躁，這個只記吃不記恩的傢伙，下次就不幫他做飯了！

「收拾一下，然後幫我查一些東西。」

「什麼？」赫颯正在收碗筷，抬頭問，「還有，今天你一大早就下山，去哪了？」

林深將自己的盤子遞到他手中，然後拿著其他湯碗和菜盤，跟在赫颯身後進了廚房。

「去問了問住在下游的鎮民一些事情。」

看著林深還知道幫忙收拾，赫颯稍感欣慰。

「你自己去找他們的？你，主動，去?!」

林深白了他一眼。

「我不能去嗎？」

「能去，能去！世界這麼大，沒有您不能去的地方。」赫颯笑著，心想，就你這脾氣還主動去和鎮上的人說話，不把人家嚇跑就不錯了。

「問了什麼？」

「上一次在山頂上撲向小涵的那個黑影，你還記得嗎？」

赫颯的手頓了一下，把洗碗精擠在盤子上刷了起來。「記得，怎麼了？」

林深小心地觀察著他的表情，道：「後來他不是被我踹下山崖，摔到河裡去了嗎？」

「什麼？你踹的？」赫颯回頭，驚訝道，「我以為是他自己摔下去的！」

「我們滾到崖邊的時候，我扯住了樹藤，他抓著我，我踢他幾下，他就下去了。」林深淡淡道，像是在說什麼再平常不過的事情。

「夠狠。」赫颯轉過頭去，繼續洗碗，「不過你也是這種性格，睚眥必報，誰遇到都別想有啥好下場。」

見他轉過頭去，林深悄悄地鬆了口氣，剛才兩人的臉貼得實在是有點近，他有點不習慣。

「然後呢，你今天去下游問鎮民，就是為了知道有沒有人撈到一具屍體？」

「嗯。」林深點頭道，「但是住在那一帶的人，完全沒有發現有浮屍。」

「會不會是飄遠了？」

林深搖了搖頭：「下流河水的流速不大，不可能把一個成年人沖得多遠。過了這麼多天都沒有發現浮屍，很可能就代表著……」

「那個黑影根本就沒死，對不對？」赫颯插話道，「你一直放不下這件事，是不是在懷疑什麼？」

「不知道。」林深有幾分猶豫，「我只是覺得，那時不可能那麼巧合地冒出一個人，還那樣衝向小涵。如果當時被他撞個正著、摔進河中，以小涵的身體狀況來說，很可能就會……」

「你的意思是，這是有人故意而為。」赫颯停下了手中的動作，轉過頭來，「是誰會這麼做？他這麼做又是為了什麼？一個什麼都沒有、時日不多的女孩，他們到底有什麼好圖謀的？」

他的語調並沒有太大的起伏，但是林深卻感覺得出來，赫颯是生氣了。很少生氣的人一旦生氣起來，才更加可怕。

他搖了搖頭，「我不知道。」

「你怎麼什麼都不知道！」

「如果我都什麼都知道，就不會特地去尋找線索，也不會跟你說起這件事。」林深說，「沒有人可以全知全能，赫諷，我不是，你也不是。所以，現在氣惱自責也沒有用。」

「……」

「我就是為了這個，才想找你幫忙。」

「什麼忙？」

林深說：「用你擅長的『高科技』查一些資料，看看最近有沒有人特別關注這裡、關注綠湖森林。」

第二十六章　無影之人（二）

赫諷出手，搜索個資訊只是眨眼間的事情。不過，為了在林深面前表現出隆重，當天下午，他特地把桌子收拾乾淨，將自己的手機放到桌上。

兩人一左一右站在桌子旁，一臉嚴肅地盯著手機。

「可以開始了嗎？」林深問。

「還沒，等我做一下準備。」赫諷深吸一口氣。

「怎麼，難道你還要焚香沐浴、祭掃一遍才可以開始？」

「我說的是心理準備！」赫諷瞪他一眼，「誰知道會不會搜出什麼嚇死人的消息。」

「只是查個網路而已。」

「不要小看網路！」赫諷說，「你要知道，這年頭最不能小看的就是網路上的資訊量，還有它強大的影響力了。你想想，要是有個網路謠言說，住在綠湖森林山上的兩個大男人其實是甲甲，外人會怎麼看我們？」

「……」林深沉默，不予置評。

赫諷小小得意了一下，「所以專業的事情還是讓專家來吧，你，去旁邊乖乖別吵。」

他打開手機網頁，在搜尋欄輸入幾個關鍵字，林深在一旁隔得老遠看著，見赫颯的眉毛挑了挑，便問：「查到什麼了？」

「網速很差，等我重整一下。」赫颯無奈，「怎麼偏偏是這種時候。」

林深看向他，「看來你引以為傲的網路也不是那麼萬能。」

「只是一些小障礙而已，你給我等著。」

接著，只見赫颯像個亂舞的精神病患一樣在木屋裡高舉著手機，一會走到窗邊，一會站到門前，還跳到沙發上，對著高空用力地甩著手機。不知情的人還以為他是在跳家將，或者是某種精神疾病發作了。

林深就這樣淡定地看著他滿屋子亂轉，最後赫颯總算是驚喜地高叫一聲。

「有訊號了！」

「查到沒？」

「等等，我多加幾個關鍵字。」

赫颯坐到沙發的椅背上，也不顧自己會不會掉下來，直接在那對手機戳戳滑滑。林深起身，走到他身邊站定。

「馬上就好。」目不轉睛地盯著螢幕，赫颯屏息等待。

「出來了！綠湖森林，自殺，相關的資訊……咦，什麼時候竟然變得這麼有名了?!」

林深見他手舞足蹈地亂動，站得近了些，確定自己能及時扶住赫諷後，才問：「怎麼了？」

「就是這個。」赫諷將螢幕給他看，「你發現沒有，雖然我們這裡作為風景區一直都很有名，但是作為自殺者聖地流傳出名聲，也只是最近兩年的事情。」

綠湖森林，恐怖的死亡地界。

論綠湖森林附近地磁對人腦的影響。

集體死亡效應，綠湖森林的自殺氣氛是如何形成？

在林深眼中，這些取著吸睛的獵奇標題的文章，只不過是外人對綠湖森林的評論，他並不關心作者是誰、又是如何寫出。但是在赫諷看來，這些密集出現的文章只意味著一件事——有人在帶風向。

其實仔細研究就會發現，網路上的每一個熱門話題，都不是空穴來風。在它們背後勢必都有一個或無數推手，將這個話題推向大眾。有時候這些推手是該話題的得益者，有時候正好相反，但是做這些推手的人絕對都不是懷著純粹推波助瀾的簡單想法。

他們有著自己不為人知的目的，而赫諷現在想知道的，就是將綠湖森林和自殺聖地聯繫起來的那個始作俑者，究竟有何目的。

將這個想法和林深說了一遍後，赫諷見他眉頭緊蹙，似乎是想到了什麼。

「我要下山一趟。」

「啊？」

「我想到一件事，得去證實一下。」林深說。

「你有線索了？那帶我一起去。」

林深搖了搖頭，「不行，你得留在山上，今天的巡林還沒有完成。」

赫諷不語，他總覺得林深有什麼事瞞著他，不想讓他知道。

追根究底，死纏爛打？那樣林深就會說了嗎？會不會反而讓他厭惡和不耐煩？

想了想，赫諷還是放棄了。

「好，我留下來。不過你要是回來晚了，別指望我留晚飯給你。」

林深笑了。

「是嗎？」

直到林深走後，赫颯還在回味那句「是嗎」的意思。

他是在懷疑自己根本狠不下心來，還是說有膽就試試？想了半天，赫颯發現自己實在是猜不透林深的想法。

林深這個人，人如其名，你以為可以一眼看透他，再走近一些，卻發現這人總是將自己藏在深處。要想真正地看清他，不是件容易的事。

之後，赫颯帶了些必用的裝備，出門去了。

他開始今天的巡邏。

到山上來也有幾個月了，每一次巡邏都是和林深一起，這還是他第一次獨自擔當起大任，心裡就有些緊張。

像是故意和他作對似的，今天的天氣也不是很好，明明剛剛還是晴天，這時已經下起了濛濛細雨。五月的天氣，說變就變，赫颯拿了一件雨衣披在身上，走進山林細雨中。

雨打樹葉，順著枝莖滑落在地，無聲地融入土中滋潤著森林。

獨自走在這小雨中，赫颯也難得地享受了起來。這裡的景色他是從來都看不膩，幾乎每個月都有新的變化，也難怪林深會賴在山上一直不願意外出。

深山密林，小屋一間，斟酒獨酌。

是不是頗有幾分隱士高人的意境？

赫颯卻突然笑出聲，他剛剛想到連泡麵都煮不好的林深要做一個隱士高人，恐怕連每天的生活都不能自理，真不知道他前幾十年的日子是怎麼過來的。

「唉，要不是有我，這傢伙是不是打算吃泡麵吃到老死，不不，在那之前就會因為泡麵吃太多掛掉……」

不知道為什麼，明明今天林深不在身邊，赫颯卻一直想起他的事，一個人巡林也就不覺得無聊了。

雨勢漸漸大了起來，遮蔽了視線，十米外的事物基本上都無法看清。時間一點點跑走，天色變得昏暗，赫颯見狀，也準備返程。

眼角卻突然有道黑影一閃而逝，很快，卻沒有逃過他的眼睛。

「什麼人！」

灌木叢裡一陣晃動，似乎是有人影從那裡鑽過。

赫颯想也沒想就追了上去，雖然視線不清，但是他還是緊跟著那個黑影，沒有讓對方拉遠距離。

雨越下越大，在這深山裡，只有兩人的追逐依舊持續著。

十分鐘後，赫颯感覺到自己吐出來的氣都快化成白霧遮住視線，胸腔內好像有一把火在燃燒。

該死的！體力太差，就快被對方逃走了。

這個黑影！就是這個黑影，一定不能放過他！

他眼睛都急紅了，眼見腳邊有碎石，赫颯撿起一塊，對著前方奔逃的人影就砸了過去。

一擊，沒中！

再扔，沒中！

我再丟！中了！

被石塊狠狠砸中的黑影晃了一晃，似乎是站立不穩。赫颯連忙追上去，眼睛緊緊盯著黑影，根本沒有注意到身邊的情況。雨下得大了，附近山壁上的泥土正在蠢蠢欲動。

「噗，哧——」

似乎是泥塊鬆動的聲音！

赫颯腳下一滑。

「你在幹什麼！」

被人猛然一拉，赫颯向後倒去，被用力拽遠。下一秒，一堆泥土夾著碎石轟隆隆地從他眼前墜落，不過片刻，樹木和來不及飛走的林鳥，全被滑落的泥石給淹沒，一絲痕跡都未留。

「你到底在幹嘛?!」耳邊有人大吼，「不看路？想找死嗎！」

赫颯還有些迷迷糊糊的，此時看著離自己不到一米遠的土石流現場，才有些後怕。

「我……不行，我還要去追！追那個人！」

「你給我清醒點！」對方用力打了赫颯的肚子一拳。

「唔！痛……林深？」

赫颯睜大眼睛，這才看清眼前的人。

「你、你怎麼會在這？」

林深的表情比平時還要冷漠，冷冷地看著他。

「我不在這，你就該去閻王面前報到了。」

「林深！」赫颯抓住他的肩膀，「我剛才看到一個黑影，很可能就是之前的那個！他又來找我們了！我們快去追，不要讓他跑了！那個傢伙，就是那個傢伙——」

「她已經死了。」

林深突然打斷他。

「無論那個黑影是誰，他有什麼目的，你再抓到他，小涵也都不能再活過來了。」

「不，我只是……」

「只是什麼？我不是告訴過你，不要在下雨的山林裡亂跑，你把我的話都當耳邊風？」林深怒氣未消，「你是不是還以為只要抓到那個黑影，一切都可以重來?!我告訴你，死去的人已經死了，不會再活過來！無論你做什麼都無法彌補！明白嗎？」

「我……」赫颯愣愣的，呆坐在地上，「我只是不想什麼都做不了，我只是想要做些什麼。」

「我不想再像那天一樣，只能眼睜睜地看著她閉上眼……我，想要做些什麼。」捧著地上的一把溼土，赫颯苦澀地笑，「到頭來，還是什麼都做不了。」

被雨打溼的野草輕輕晃動，水滴從葉脈上滑落，融入泥土。

那天帶著一盆四葉草空身回來的赫颯，直到此時，才終於無法掩住心中的情緒。像是在大地上留下片刻痕跡的雨滴，它只是藏進更深處，並不是不在了。悲傷，也是同樣。

林深沉默地看著他，雨水順著赫颯的眼角滑下，像一道淚痕。

他伸出手，將赫颯拉起來。

「等雨停後，我們一起去找。這次一定不會放過他。」

一滴水落在淺窪中，帶出一小圈波紋，波紋向四周擴散，漸漸平復。

赫颯抬頭看了看天，烏雲散去。

雨停了。

然而那些留下的痕跡，並不會因此就消失不見。

他笑了笑，帶著滿臉的雨水，對林深道：「好！這次，我們一起去。」

第二十七章　無影之人（三）

大雨的驟停，替兩人的尋找減少了許多麻煩。

在他們繞遠路繞過滑下的土石流，來到赫颯最後見到黑影的地方時，卻只看到地上一攤血跡，並沒有其他的痕跡。

「憑空消失？」

赫颯看著周圍，只有他們二人的腳印從遠處延伸過來，那個黑影的腳印就到此為止，並沒有向別處延伸出去。也就是說，這個黑影走到這裡，就像消散在空氣中，不見了蹤影。

此時，天色已經全部暗下，夜空中點綴起一顆顆星星，時間已到了晚上。

遠處傳來不明野獸的吼叫，伴隨著夜鳥低鳴，此起彼落，讓人打從心底升起一股涼意。赫颯搓了搓手臂，看著四周的昏暗景色，心裡有些惶然。

「這，他該不會是……鬼吧？」

林深正蹲著用手沾了沾地上的血跡，聞言，抬頭白了他一眼。

「鬼怪會流血，會有腳印？你為什麼總是喜歡往那方面胡思亂想？」

赫颯笑著打哈哈：「想像力豐富也是一種錯嗎？」

林深淡淡道：「自己嚇自己，是白痴才做的事情。」

赫颯在心裡默默吐血，暗罵自己剛才為什麼要接林深的話，這下被損了吧，還無法反駁。

他知道自己自小就有個毛病，就是想得太多。遇到事情，如果別人是想三分，他就會多想七分，將事情的因由，來龍去脈，內情，以及當事人的心理都全部考慮進去。這樣一來，也就比平常人更加敏感，也更容易疲憊。

不過赫颯並不打算改掉這個習慣，誰都有自己的小毛病，何況他覺得自己這個小習慣也還不壞。

「回去吧。」林深站起身，「時候不早了，改天再找。」

「嗯。」

兩人就這樣向來路走去，不到半個小時便回到木屋。可是當赫颯帶著一身的疲憊坐到沙發上時，才猛然想起自己還沒有做晚飯。

「天啊，這是要我的老命嗎？」

驚累交加之下，他現在一點力氣也沒有了，連根手指都抬不起來。

「林深，你自己弄點泡麵吃吧，我實在是……林深？」

抬頭一看，林深已經不見蹤影了，倒是廚房裡的燈亮了起來，隱隱還聽到有人翻箱倒櫃的聲音。

赫諷大驚，連忙大喊：「你幹嘛？不要在廚房造反啊！」

他焦急地等待回覆，卻又懶得起身去看，心裡天人交戰著。林深從廚房內探了顆腦袋出來，看了看他。

「我在做晚飯。」

「哦，這樣啊，我還想說你在幹嘛呢。」赫諷鬆了一口氣，倒回沙發上。

下一秒，他像隻僵屍般直挺挺地從沙發上跳了起來。

「什麼！！你說你在做什麼？喂，林深，別裝聽不見，回答我！」

林深不知什麼時候又縮回了廚房，像是縮回龜殼的烏龜，故意逃避赫諷的問題。等赫諷驚急之下，跑到廚房去看時，只見他正一手拿著調味料包，一手拿著碗裝泡麵，倒完了調味料，正準備倒開水。

赫諷一頭黑線。

「這就是你說的晚飯？」

林深頭也不抬地回道：「不然你以為呢？」

「算了，是我想太多。」赫諷扶著自己的老腰，一扭一扭地往回走，剛才起身動作太猛，好像扭到腰了。

「我就不該對你寄予期望⋯⋯」

林深裝作若無其事地泡著麵，其實注意的話，就會發現他沉默得有些不正常，都沒有去調侃赫諷。再細看，就會發現林深其實是有些緊張，一邊眉毛不自主地挑起。這是他心裡有愧時，下意識的小動作。

在赫諷離開廚房後，他才悄悄鬆了一口氣，移開幾步，露出——一顆摔碎在地上的雞蛋。

原本完好的雞蛋此時躺在地上，四分五裂，慘黃慘黃的蛋黃從蛋殼裡緩緩流出，蛋清四濺，像是飛濺出的血液。

這個雞蛋，死得好不瞑目。

其實在赫諷進來前，林深正準備煎蛋。他原先想著，這樣的小事沒啥大不了。可當他拿起一顆雞蛋，明明對準了碗口，卻沒有把它打進碗裡而是掉到了地上，他這才明白做飯其實並不簡單。

看了看門外，林深一邊面不改色地毀屍滅跡，一邊喃喃自語：「想不到平時，他都在做這麼高難度的事⋯⋯」

鐵公雞大人難得地內疚了一下，想著自己要不要適當地提高赫颯的薪水。比如，從三萬提到三萬零三百？

當林深端著兩碗泡麵出來的時候，赫颯完全不知道眼前這人剛剛經歷過了多少心路歷程，隨便幾口吞下泡麵後，就急匆匆地回房休息去了，連澡都懶得洗。

回到房間的第一件事，赫颯一頭撲到床上，鑽進被窩裡。

拿出手機，上網。

登錄通訊軟體，先忽略一些無關緊要的通知。刷過幾則未讀訊息，他點開其中一個聯絡人。

「喂，在嗎？」

對方沉默良久，久到讓人懷疑網路另一端坐著的根本不是一個人，而是一隻不會說話的狗。

「你你你你你！詐屍啦啊啊！」

赫颯笑了笑。

「是啊，千年僵屍，不好好供奉本大爺，小心你的小命。」

對方也很配合他的惡趣味，立即回覆道：「僵屍大爺饒命！小的馬上供奉您！」

「哼哼。」

兩人打屁一陣，這才開始聊起正事。

「不玩了，我找你是有事要你幫忙。」

「喂，這麼久不見蹤影，好不容易冒頭竟然是有事要我幹，您真是夠大爺的。」

赫颯不在意地笑了。

「直接說，你肯不肯幹？不願意的話大爺我就去找別人了。」

這種像是逼良為娼的話，赫颯說起來那是一點壓力都沒有。

這次又是過了許久，那邊才不情不願地傳來一句話。

「……肯。」

彷彿從那六個小點點裡看出了無限的怨念，赫颯玩味地挑起嘴角，傳了個摸頭的貼圖過去。

「好兄弟，我會記住你的幫助的！」

「不用，千萬不用，只求大爺你下次再有麻煩時少想到我就好。」

一來二去，如此這般，赫颯將要求和對方說清楚了，並道：「一個禮拜之內，能有回覆嗎？」

「難。」

「不是吧，你這麼沒用？」

「大哥！你以為我們公司是做什麼的？我們是守法生意人，要幫你查對方的底細，已經算侵犯客戶的隱私了！你要是嫌慢，出門左轉國安局，不送！」

對方都這樣說了，赫颯也只能見好就收。

「那好，等你消息，掰啦。」

「等等！瘋子！這麼久沒看到你，到底是跑哪去了？什麼時候回來？該不會就不回來了吧？」

赫颯看著這一行字，許久後，才打字回覆：「現在正領人薪水兼職保姆，生死自由皆由地主做主。回去？難難難，難於上青天。」

傳完這句，他飛快地登出，得意地笑了兩下。

扔下手機，一頭埋進被窩，呼呼大睡去也。

第二天早上起來的時候，赫颯像是完全忘記了昨晚的事，頂著一頭雞窩就去洗漱。

看見林深，沒什麼力氣地揮了下手，然後準備小解。

站到小便斗前，赫諷褲子脫到一半，突然住了手。

回頭看向還站在廁所內的某人，他無奈道：「我說，你出去一下行不行？」

林深挑眉看他。

「被人這樣看著，我很沒感覺啊，大哥。」

林深看了他一眼，走出洗手間，正當赫諷鬆了一口氣時，他又突然探頭進來，道：「我有話跟你說，一會到客廳來。」

「啪」的一聲，赫諷隨手拿起手邊的漱口杯砸了過去。林深眼明手快，杯子只砸到了門上，本人早就溜了。

這傢伙絕對是故意的！

赫諷覺得太陽穴都氣得抽痛起來，一跳一跳的。

有什麼話不能等他解決完再說？有必要這樣嗎，還突襲?!別以為他沒看見剛才林深那故意往下瞟的視線！

這個傢伙，真他媽太悶騷了。

赫諷恨恨地洗完手，甩了一地的水，才餘怒未消地推門而出。

出門一看，林深還好整以暇地站在客廳內等他，一點做賊心虛的自覺都沒有。

「找我什麼事？」赫颯用鼻子哼著發音。

林深正站在窗邊，見他來，招了招手。

「看到這個了沒？」

赫颯不在意地湊了過去，「看什麼？太陽從西邊出來了？——靠！這是什麼?!」

窗外，牆角下，一圈溼答答的腳印觸目驚心地刺進兩人眼中。

那腳印看起來很奇怪，一淺，一深，在窗前繞了幾圈，就像是夜半有誰在窗外徘徊許久，透過窗戶偷偷地窺視著屋內。

赫颯和林深出門再看，發現整棟木屋都被這串詭異的腳印繞了幾圈，腳印的形狀奇怪，乍看之下，像是某種奇異的咒術。

一圈，又一圈，無聲無息地團團圍繞這棟小屋，帶著某種無從探究的意圖。

兩人對視一眼，心中都有些毛毛的。

在他們熟睡的深夜，有什麼東西，在悄然接近。

第二十八章　無影之人（四）

赫颯從腳印的淺坑裡拔出一條蚯蚓，看著它在自己手中扭曲掙扎。

林深從他背後路過，踹了這個惡趣味的傢伙一腳。

「有空在這裡發呆，還不快過來工作？」

赫颯丟下那條蚯蚓，看著它緩慢地扭動著身軀爬遠，感歎：「我只是在想，只不過是一場大雨，怎麼所有潛伏在泥土裡的東西，都蠢蠢欲動地爬出來了？」

林深將一圈麻繩背在身上，道：「那是因為它們知道變天了。久藏在地下的魑魅魍魎，也需要新鮮空氣。」

說著，又踹了赫颯一腳。

「上工了。」

赫颯無奈地起身，「你就不能好好說嗎？這是我僅有的幾件還能看的衣服，又被你弄髒了。」

他帶到山上的衣服有的過季不能穿，有的損壞了，赫颯正在煩惱之後一陣子穿什麼，要不要去預定幾件新款。林深卻對他這種行為頗為不屑。

「衣服破了補補還能穿，你比女人還講究。」

赫颯怒極反笑：「這不叫講究，這是一種禮儀好不好！穿戴得體，是對自己的修飾，也是對別人的一種尊重。」

「是嗎？我覺得只要不裸奔，就滿得體的了。」

赫諷懶得繼續和這個沒有審美觀的人計較下去，倒是在看清林深的動作後，對他現在正在做的事好奇起來。

「你帶著這些東西，是要幹嘛？」

林深正在將一根斷木的一端削尖，聽見赫諷的問題，他將這根木刺遞過去。

「試試。」

「試……什麼？」

林深不和他廢話，自己從一旁拿來一塊厚抹布，用木刺往前一戳。「嗤啦」一聲，抹布被輕而易舉地劃開一道破口。赫諷目瞪口呆。

只見林深又飛快地削了幾根足夠尖銳的木刺，差不多前臂大小，將它們在地上排列整齊後，用一根繩子將這幾根木刺均勻地綁到一旁的小竹子頂端。然後，他用力將這根小竹子下壓，壓到很低後，將它的頂端和一旁的樹根綁在一塊。

連接處，還做了一個赫諷看不懂的活扣。

在做完這些後，林深拿出一條釣魚線，小心地埋到附近的草叢裡，繃緊，最後綁在那根綁著木刺的小竹子一頭。

做完這一切之後，他將原地的痕跡清除，小竹子被其他樹木和竹子遮擋住，不仔細看根本發覺不了異樣。

從頭到尾，看著林深做著這些，赫諷的嘴越張越大。

林深拿起地上的其他工具，準備到別處繼續作業。

「以後出門的時候小心，不要碰到藏釣魚線的地方。」他提醒赫諷。

赫諷這才反應過來。

「你、你、你這是在做什麼？」

林深明知故問地看著他：「陷阱，看不懂嗎？」

「不是不懂！重點是用這種程度的陷阱，會死人的吧！」

即使赫諷不了解這個陷阱的製作細節，也大概可以看懂。無非是有外人闖入觸動釣魚線時，綁在小竹頂端的繩子就會鬆開，當小竹彈起恢復原狀時，竹莖上綁著的幾根木刺就會狠狠地飛刺出去。

按那些木刺的尖銳程度，絕對會把人戳成刺蝟吧?!

「死不了人，頂多多幾個洞。」

林深不在意地道，又帶著他那一身的作案工具，到別處布置陷阱去了。

「死不了人？」赫颯對這個回答又急又氣，「就算是死不了人，把對方重傷了我們也吃不完兜著走。」

「為什麼？」林深狐疑地看著他，「這不是正當防衛嗎？」

好傢伙，還知道正當防衛這個詞，不然赫颯簡直就要懷疑他是不是高中畢業。

「就算是正當防衛，也需要具備很多條件！像你這種，明顯、明顯就是……太閒了，你想把牢底坐穿？」

最後，在赫颯的咆哮下，林深總算是不情願地修改了陷阱的殺傷力，將尖銳的木刺磨得不那麼尖，落石陷阱也不再挑能壓死一個人的石頭了。可即便是這樣，赫颯看著林深一上午的勞動成果——沒什麼變化其實內藏殺機的庭院，有一種欲哭無淚的衝動。

林深勸解他：「這是一種自衛，難道你還想在半夜睡著時，被不知道是什麼東西的傢伙偷窺？」

赫颯仔細想了想，搖搖頭。

「你想要那個黑影再次出現時，只能無力地看著他逃走？」

赫颯這才用力地甩了甩頭。

「這只是適度的防守，並不是想要故意傷害誰，人不犯我我不犯人，只是為了保護自己而已，有錯嗎？」

赫颯想了想，好像林深說得都很有道理，但是他怎麼就覺得哪裡怪怪的？

對了，總算是被他想到一點漏洞！

赫颯忙道：「但是你這麼做，有其他人誤闖進來受傷怎麼辦？」

「沒有人會到這棟屋子來。」林深道，「要是有事，他們只會讓王伯來找我。」

「對！就是王伯，他要是過來找我們卻誤中了你的陷阱，不就糟糕了？」

林深了然地點了點頭。

「很巧，我也正這麼擔心著。」

「我就說吧，趕快把它們都……」

「所以，我需要你……下山一趟。」林深拍了拍赫颯的肩膀，「對王伯知會一聲，讓他這幾天都不要過來了。」

「我去？」赫颯手指著自己。

「你不去，難不成想讓我去？我也不介意。」

「不不不，還是我下山！」想起林深下山時的情景，赫颯連忙阻止道。

「很好，這是王伯家地址。」林深將一張似乎早就準備好的紙片塞進他手裡，「傍晚之前記得回來，不然看不清設陷阱的地方，你就危險了。」

什麼時候回自己家也要這麼小心翼翼了？赫颯一臉無奈，被林深推著向外面走。

「早去早回，今天的巡林我替你做，不扣薪水。」

林深朝他揮揮手。

「你就當作是有薪假，想在山下買些什麼都可以。」

下意識地沿著小路走到山口，赫颯才回過神。

怎麼有種被林深哄騙了的感覺？不不不，絕對是錯覺。

是……錯覺嗎？

五分鐘後，赫颯一聲怒吼，驚起飛鳥三五隻。

「林深你等著，等我回來有你好看！」

而此時的林深已經收拾好東西、推開柵欄，回頭看了庭院最後一眼，這才向外走去。他沒有沿著今天預定好的巡邏路線走，如果赫颯在場，就會發現林深其實是朝著昨天土石流的事發現場前進。

林深，也確實是以那裡為目的地。

一個人上路，他只用了不到半個小時就抵達了。

地上的那灘血跡已經看不太清楚，但是血腥味還在，那是屬於人類的血特有的味道。經過一夜，地面上多了很多雜七雜八的爪印，看來是一些野獸聞到血味，半夜嗅了過來。

可是它們也像赫颯一樣，除了帶著一肚子疑惑離開，別無收穫。

林深再次蹲下，像昨夜一樣，用手指仔細搓了搓地上溼溼的泥土，然後抬頭，看向密林高處。

剛剛破雲而出的陽光有些刺眼，林深瞇了瞇眼，用手遮了一下，繼續望著樹林枝椏間。很快，他就找到了想要尋找的痕跡。他將背包往地上一扔，兩手抓住樹幹，兩三下就爬上了樹。

然後，停在他剛才發現可疑痕跡的地方。那是一片樹葉，但不是普通的樹葉，它以及它周圍的葉子上，都沾著些奇怪的印跡。

暗褐色，乾枯的痕跡，看起來就像是乾掉的血跡。

不，林深想，這的確是乾枯的血跡。慶幸的是昨晚雨很快就停了，不然要是連這點線索都被沖掉的話，他就無法證實自己的猜測了。

沒錯，打發走赫颯，自己一個人來到這裡探查，林深只是為了證實心中的一個想法——昨天那個黑影根本就沒有憑空消失。

既然會流血會受傷，那就必定是活生生的人類。活人怎麼可能會離奇消失不見？所以昨天他們找不到那個黑影，只是因為黑影躲了起來。但是又有哪一種躲藏的方式，連血跡都能隱藏，甚至沒有留下逃匿的腳印？

答案只有一個——昨夜，那個黑影就躲藏在他們頭頂的某根樹枝上，甚至還可能透過茂密的枝葉冷冷地注視著他們，並一直跟著他們回到木屋，在木屋外逗留了許久才離開。

握著樹葉的手緊了緊，林深再四處探查一番，這才翻身下了樹。

既然猜測已經證實，那麼他要做的就只有一件事。

將這個裝神弄鬼的傢伙，徹底揪出來！

林深的雙目暗了暗，回頭，看了眼那樹幹高處。

想要挑戰他的耐心？那就來試試看！

他背起包包，轉身離開。

原地，只留下幾片被他扔下的樹葉，支離破碎。

第二十九章　無影之人（五）

赫颯按照林深給的位址，在鎮外比較偏僻的一處找到了王伯的家。

眼前是一間不起眼的平房，不高，以赫颯的身高還要彎腰才能進門。牆角有幾處裂縫一直延伸到屋簷，不知從哪裡搬來的幾根巨大圓木支撐著快要坍塌的右牆，可即使是這樣，這間平房看起來也是搖搖欲墜，一副隨時會崩塌的模樣。

赫颯當場就愣住了，以他過去的所見所聞，實在是想不到時至今日還有人住在這樣破爛不堪的屋子裡。這一發呆，就連屋裡有人走了出來，他都沒有在第一時間注意到。

「哎，這不是小赫嗎？」

王伯推開吱呀作響的木門，一眼就看到了在他家門前發呆的高個子年輕人，樂呵呵道：「怎麼，是小林讓你下山來找我？哦，對了，是上回送的粽子已經吃完了嗎？」

他轉身就要回屋：「都怪我都怪我，沒考慮到兩個年輕人食量大，我這就去多拿些給你們，等著啊。」

「不用了，王伯！」

赫颯連忙阻住老人，喊住他道：「粽子還很多，沒吃完。我只是下來找您有事。」

「啊？有事？」

他將事情簡單地與老人說了一遍，不過將不明黑影換成野獸，就只說最近頻頻有野獸闖進院子裡，林深布置了一些陷阱，現在山上不是很安全，讓王伯盡量少上山，或者乾脆就別上山了。

原以為這麼一說，以王伯的善解人意馬上就會點頭，誰知道這位半百的老人竟然露出了一絲猶疑。

「不能上山啊……」

赫諷注意到他的表情，忙問：「王伯，你是上山有什麼事嗎？不然我去幫你做吧。」

「不不不，其實也不是什麼大事。」王伯咧起嘴憨直地笑了笑，「也不瞞你了，我兒子也是……也是在這山上去了，所以我們兩夫妻才搬到這附近來住，只為了能經常陪陪他。我每個禮拜都要去山上看他一次，你看，今天也正要去吶。」

王伯舉了舉手中一個褪色到看不出原樣的小袋子，眼睛瞇成一條縫，似乎在懷念著什麼。

「我想，要是沒去看他，山上又冷清，他一個人待著不知道會不會寂寞。」他摸了摸袋子，似乎很寶貝裡面的東西。

王伯對著赫諷歉意地笑，「我就今天去看他一下，帶些東西過去，不會打擾你和小林的工作，你看這樣行不行？我保證不會打擾你們！只是去看一會，就一會好不好？」

看著眼前對自己小心翼翼地陪笑，甚至帶著一絲討好意味的老人，赫諷的心沒來由地一緊。不過他也不能表現出什麼來，只能勉強地回以一笑。

赫諷覺得，這一定是自己有史以來笑得最難看的一次。看著一個老人，為了死去的兒子對自己如此卑躬屈膝，他實在是無法真心笑出來，偽裝也不能。

「王伯！您在說什麼呢？您怎麼會打擾到我和林深工作？您平日裡不知道幫了多少忙！這樣吧，您要上山，我就陪你一起，兩個人也比較安全。」

說著，他不等王伯回話，一把扶著這位老農就往前走。

「早去早回，我們一起去！」

「哎哎，不用扶不用扶，我又不是走不動路了。」王伯笑呵呵地說，跟著赫諷往山上走。

在上山的路上，他們通過了山道的轉彎口。赫颯曾見過有人在那裡擺悼念的鮮花，如今，放在那裡的花瓶還在，只是下了幾天的雨，花朵全被打爛了，而花瓶裡的水也滿溢出來，渾濁不堪。

王伯突然停下腳步，走到花瓶前小心翼翼地將殘花取出，放到一邊的地面上，然後倒乾瓶內的水，在附近的水窪裡洗了洗。做完這一切後，他看著空蕩蕩的花瓶，表情有些惆悵。

這時，一束花從旁邊遞了過來。王伯一抬頭，看見赫颯的燦爛笑容。

「雖然只是山上的野花，但是也很好看。」他手裡的是一簇不知名的黃色小花。

在這個季節，它們開得漫山遍野都是，有時候不小心一腳把它踩扁了，沒過多久就能再挺立回來。看著眼前這空空的花瓶，赫颯想，就連野花的生命力都比人還強盛。最起碼它無時無刻，不在為自己的生存而用盡全力。

王伯接過，將這平平無奇的路邊野花仔細地插進花瓶，小心地整理好，最後將花瓶小心地放回原位，還拜了幾拜。

赫颯在一旁問：「王伯，你認識在這裡祭奠的人？」

「也不算認識，但是這幾年下來多少也見過幾次面。」

王伯後退站起身，感歎道：「這花是祭給一個女孩的，聽說以前還是一流大學的學生，後來受不了壓力年紀輕輕就自殺了。她父母之後經常過來看，早幾年的時候，那是每次來都要哭花了眼睛哦。後來聽說又養了一個孩子才好一點，可是沒了的就是沒了，哪彌補得回來呦。」

王伯歎息。

「都是同命人。」

赫諷聽林深說過，這些偶爾在山裡能夠見到的花瓶和類似物品，都是生者祭奠死者之用。可他那時候沒有想到，原來這些看似普通的祭物背後，都有各自沾滿眼淚的故事，令人唏嘆。

那這座綠湖森林，不就處處布滿了淚水？

王伯從袋子裡掏出一顆蘋果擺在花瓶旁，這才轉身離開。赫諷跟著他繼續往山裡去，直到抵達目的地。

這是王伯兒子的墳，說是墳，也只不過是個衣冠塚罷了。因為那時候正值暴雨季節，他兒子進山後就一直沒出來。直到兩個禮拜後，才在一座塌方的山崖下挖出了他的貼身衣服。就只用這點衣服，來做個衣冠塚。

赫颯替王伯掃去墳邊落葉，收拾乾淨。王伯從小袋子裡一一掏出他仔細打包的物品，幾顆蘋果，幾粒粽子，還有一包菸，甚至細心地帶了打火機。

「阿細啊，你媽今年新包的粽子，你要好好吃。別捨不得吃，我帶了很多呢。」

「還有啊，上次燒給你的紙錢還夠用嗎？要是不夠用的話，晚上托夢給爸媽，我們再多燒點給你啊。」

「在下面也千萬不要虧待了自己，好好過日子，爸媽還是供應得起的。」

「等我們百年之後一起去找你，阿細啊，等著爸爸媽媽，好嗎？」

看著老農煞有其事地在墓前說這些有的沒的，赫颯的心裡說不出是什麼滋味。眼不見為淨，他乾脆扭頭看向別處。

這一看，他覺得樹蔭處似乎躲藏著什麼。再揉一揉眼睛，睜眼看去——什麼都沒有！只有枯草樹葉晃蕩著。

是自己太敏感了，赫颯苦笑著走向王伯。

「王伯，下山的時候小心點，別……」

「哎！慢著，小赫！往左邊兩步，對，對，就是那，你剛才擋住了道啦。」

道?」

「對啊對啊，那個方向是陰間的道，活人說的話就是從這條道上傳到陰間去給死人聽的。這樣下面的人才曉得是誰什麼時候來看了自己，送了什麼。只要知道上面還有人惦記著，就能一直記得生前的事。」

見王伯說得煞有其事，赫颯幾乎忍不住想笑。然而，想起這是一個老人僅有的慰藉，他這份笑意還未展露半分，就隨風散去了。

「死人要是真有感覺的話，我要做的第一件事，就是把這些尋死的傢伙全都拎出來揍一遍。」

「啊，什麼?小赫你剛剛說啥?」

慶幸著王伯的耳朵不好，赫颯笑得人畜無害，道:「沒有，我只是想，他們死後也有人時時記掛著，日子過得真好。」

「活著的時候過不了好日子，死後當然要讓他們過好一點啊。」王伯理所當然道。

這些鬼神之說，赫颯以前是半信半疑，不知道為什麼，今天卻一點都不相信了。這世上要是真有鬼，他們能看著自己的親人過著生不如死的日子，安心在下面享福嗎？

要是真的有，那也是厲鬼、惡鬼，那不如消滅了才好！

不過，鬼神這些無影之事就先放一邊，赫颯滿腦子只想著那個黑影，心道，要是那傢伙真的是鬼，那他也必定是個惡鬼、厲鬼，沒有良心的鬼！

王伯說完一大段囑咐死鬼兒子的話，時間也過了傍晚，在赫颯的再三勸誡下，他才向山下走去。赫颯原本打算立刻回木屋，然而鬼使神差地，他在原地站了站，卻向那片樹蔭走去。

一步，兩步，走近。

他赫然在那樹蔭下，看見幾道不顯眼的腳印。腳印很深，似乎是有什麼人在這裡窺伺良久。

赫颯冷笑一聲。果然，那不是他敏感，剛剛真的有人躲在周圍看著他。要不是顧慮到王伯在場，赫颯當時就衝過來一看究竟了。可是他不想將無關的人牽扯進來，才一直忍到現在。

這個不知名的黑影，從深林到木屋，又出現在這裡，好像時時都在監視他、纏著他。如影隨形，無時無刻緊追著他。

哼！他就等著看這個厲鬼到底有什麼本事。

赫諷這次是真的打算回去了，然而走了幾步，他又回頭從王伯祭悼兒子的盆裡拿了粒粽子，一甩一甩地走遠了。

同時，嘴裡還哼著小曲。

「林呀林公雞，今晚給你加餐，嘿，加個餐！」

第三十章　無影之人（六）

林深回來的時間，甚至比赫颯還要晚一點。

當他進門時，赫颯已經做好晚飯擺上桌了，所以他似乎沒發現今天的晚飯有什麼不對。一向不願意讓他吃粽子，守著粽子就像守著金子一樣的赫颯，今天竟然主動剝了一粒粽子放在他碗裡，還用期待的目光盯著他，就好像在用眼神說，吃吧吃吧，快點吃下去！

林深用筷子插起那粒粽子，舉到嘴邊，張嘴——沒咬下去。

他抬頭看了赫颯一眼，那灼灼的目光實在讓人無法直視。

赫颯立刻轉開頭，一邊哼著歌，一邊假裝看風景。

林深見狀，暗暗覺得好笑，問道：「在看什麼，有蒼蠅蚊子？」

「哼，這裡就坐著一隻大蒼蠅！」赫颯無視他，大口大口地扒飯，將嘴裡塞得鼓鼓的。

林深好心提醒道：「小心別嗆到了。」

「誰會那麼——咳，咳咳！唔，咳咳，嘶——！」半句話都沒說完，赫颯像中詛咒般，被鑽進氣管裡的米粒嗆住了。他咳個不停，喉嚨和肺像火燒一樣難受，連眼睛都紅了。

旁邊有人好心地遞來一杯水，他一把搶過來，咕咚咕咚地大口喝下去。

「呼……差點死翹翹。」

林深好整以暇地看著。

「早就提醒過你了。」

「你還敢說！」赫颯狠狠瞪著他，「剛才要不是你烏鴉嘴，我怎麼會——喂，你吃了？」他看見林深正咀嚼著，而他手裡原本拿著的粽子已經不見蹤影。

「粽子嗎？吃了。」

這下輪到赫颯幸災樂禍了，他不懷好意地看著林深。

「如何？是不是別有一番滋味？」

林深舔舔嘴，用面紙擦了擦。

「還可以，就是在香火旁邊放久了，有一股煙味。」他若無其事道，「下次你再去拿人家墳頭的祭品，記得別選最上面的，要挑中間的拿。你今天陪王伯去看他兒子了？」

「我……我，我靠！」

赫颯已經不知道該用什麼來表達自己此時的心情，他原本只是想小整一下林深，讓他知道自己吃了拜死人的祭品心裡不舒服一下。誰知道，他連幸災樂禍模式都還沒開啟，林深就一副看穿一切的樣子，連他下午去了哪裡，幹了什麼都一清二楚！

這傢伙，是他肚子裡的蛔蟲嗎?!

林深皺了皺眉，「我不是你肚子裡的蛔蟲，是你自己喜歡把想法寫在臉上，太容易看透了。還有，下次說我壞話的時候，記得在心裡想想就好，不要老實地說出來。」

赫颯立即捂住自己的嘴，像小紅帽看大野狼一樣看著林深。

大野狼無奈地看著赫小紅帽，道：「說正事，你今天陪王伯去掃墓，有沒發生什麼事？」

被這麼一提醒，赫颯才想起來，連忙舉手乖乖彙報。

「有！我今天發現那個黑影——應該就是他——又跟過來了！那傢伙老是喜歡跟在我後面，喂，你說他是不是暗戀我？」赫颯半開著玩笑。

林深瞥了他一眼，「被一個大男人，還是個不生不死的傢伙暗戀，你很享受？」

「不不不，絕對不享受！」赫諷的頭搖得像撥浪鼓。

「是不享受被男人暗戀，還是不享受被那個鬼祟的黑影暗戀？」

赫諷迷惑了。

「這，有什麼區別嗎？」

林深盯著他看，赫諷依舊是一臉迷惘。

良久。

「沒什麼。」林深側了側頭，「你繼續說吧。」

赫諷悄悄鬆了一口氣，繼續道：「我還是搞不清楚那個黑影想幹嘛，如果說他一開始是追著小涵來的，那為什麼現在還要纏著我們？他的目的究竟是什麼？」

「不是針對小涵，也不是針對我們。」林深指點道，「你應該在這兩者間尋找共同點。」

「共同點？都住在山上，都在這片森林走動，都是活人？」

「是死亡。」

林深說：「他那時候選擇小涵，正是在她迷惘於生死之間的選擇的時候。而我們每天的工作也都是在生與死之間，打撈那些要去送死的、或沒死成的傢伙。」

「你是說……自殺者？」赫諷睜大眼睛，「這個黑影和自殺者有關？」

林深點了點頭，「雖然不知道他們的目的是什麼，但目前只有這一個猜測。如果我們算是站在生的這一方，那些自殺者及黑影，就是站在死亡的那方。明白嗎？就像是黑與白，晝與夜，永不相融。」

「這樣不就很危險？」赫諷皺眉，「他，或者說是他們，會一直和我們作對嗎？為了什麼？」

「誰知道呢？」林深淡淡道，「有些人喜歡死亡的快感，而有些人喜歡操弄別人的生死，對於他們來說，或許這一切都只是場遊戲罷了。」

看著說出這番話的林深，赫諷總覺得，對方其實知道些什麼，只是不願意說出來。不說出來，是因為不想說，還是不相信自己？赫諷不想深想下去自找不愉快，乾脆轉移了話題。

「對了，我今天陪王伯去掃墓。他兒子——就是衣冠塚裡的那個人，他死在了山上，也是自殺嗎？」

林深像是想起了什麼，冷冷一笑。

「不知道。」

「不知道？」赫諷懷疑地重複一遍。

「我們只有找到埋在泥塊下的衣物，誰知道他是怎麼死的？」林深說，「不過王伯堅持那是意外，也就沒有人再說什麼了。」

「為什麼？」

「你不知道嗎？按照這裡的習俗，自殺的人死後都會下十八層地獄。」林深道，「誰都不願意咒自己的兒子下地獄。」

「那你怎麼看，真的是意外嗎？」

林深嘲諷地笑：「在雨季，挑最有可能爆發山洪和土石流的時候上山，還真是一場精心琢磨的意外。」

赫諷明白了。王伯堅持認為兒子是死於意外，而不是自殺，林深也不點破。對於心知肚明的人來說，或許意外死亡才是更好的安慰吧。

不過想起王伯老夫妻目前不算好的家境，以及他們那個不知道為什麼選擇「意外死亡」的兒子，赫諷就很能理解林深的心情。

早知道就把王伯祭拜那死鬼兒子的粽子全拿走！一粒都不留，留著也是浪費！

赫諷恨恨地想著，突然又想起另一件事。

「等等！你怎麼知道我剛才給你的粽子是祭品，還一吃就吃出來了?!」

林深扭頭看旁邊，「智商。」

「別唬爛了！這才不是智商，是經驗！你一定很常吃對不對！」赫颯冷笑，「好哇，林深你這傢伙，這麼不厚道！說，你偷吃了多少人家上山供奉的祭品？」

「這不是偷吃。」

「不是偷吃是什麼?!」

「節約糧食。」即使被指責，林深依然冷靜如故，「與其讓那些食物放在石頭上發霉壞掉，不如物盡其用，反正死人也吃不到了，不是嗎？」

「你這是對死者的不敬！」

「死都死了，還敬他們幹嘛？」

赫颯正要還嘴，只聽見林深下一句又說：「反正是他們自己選擇結束生命，就別指望死了以後，還會有人好好尊敬他們。」

林深對於自殺者的偏見和執著，已經到了一般人不能理解的地步了。赫颯有時都會感歎，他是哪來這麼大的成見？

不過，隨著這一段日子的共事，赫颯發現自己好像也漸漸開始贊同林深的觀念了。

那些放棄自己生命的傢伙，憑什麼要求別人尊重一堆枯骨？本來自殺，就是將自己的尊嚴完全拋棄的行為。

「唉，真是的。」赫颯坐下來歎氣，「遇到這樣的上司和這樣的工作，現在又遇上這樣的情況，我怎麼這麼倒霉啊。」

林深扭頭看他：「倒霉？」

「黑影一日不除，我心中便一日不快！」

林深眨了眨眼，道：「你想除掉他？」

「那當然！」

「其實，我已經對他的身分有了大致的猜測。」

「哦，這樣啊……什麼！」赫颯跳起來，「你說什麼？再說一遍！」

林深重複道：「我已經對黑影的身分有了一些猜測，接下來只要證實並找機會抓住他就可以了。」

證實？赫颯腦子不笨，立刻明白過來。

不過明白之後，他更加驚訝。

「你……該不會，這個黑影該不會正好是你認識的人吧？」

林深點了點頭，說出更加驚人的話來。

「不僅是我，這個人很有可能你也認識。」

這夜，赫颯處於震驚中久久無法回神。就連睡覺時也一直在想，自己認識、林深也認識，還熟悉山路、有可能是黑影的人究竟是誰？

等等，難不成是王伯?!

赫颯被自己的猜測驚悚到了，一夜未眠。

第二天，林深看到屋裡多了隻熊貓。

赫颯牌熊貓。

第三十一章　無影之人（七）

天將亮而未亮的時候，是一日中最黑暗的時刻——黎明前，夜色格外濃郁。

而王富國連續三十年，天天都是在這個時間點起床，開始一天的工作。春分、夏至、秋收，不同的季節裡，田裡的作物、菜地裡的菜，都像是嗷嗷待哺的孩子，需要他細心照顧。就連一年之中僅有的那麼一兩個月的空閒，他也會盡量找點錢賺，通常是去街上賣烤番薯補貼家用。

前十年，王富國年輕力盛，為了老婆兒子打拚也不覺得累。下個十年，他已經不再那麼年輕，人到中年，有許多事情都力不從心，但是想想家裡兩個依靠他的人，咬咬牙，忍忍也就過去了。最後這十年來，他的年紀越來越大，終於開始不堪重負。

以前覺得無所謂的農務，他現在都再也做不動了，就算勉強做些重體力勞動，也要腰酸背痛好幾天。最關鍵的是，他心累了。自從兒子死後，人生就像是再也沒什麼好期盼的了。他每天每夜忙死忙活的是為了誰，為了自己這即將入土的半老軀殼嗎？

他能留在世上的根都不在了，還忙這些是為了什麼，圖什麼？

然而，王富國即使心裡再多抱怨，再累，再苦，還是每天天不亮就起床，開始一整天的忙碌。因為他知道，人再累，都還是要活下去。活下去！

老伴比他起得更早，在王富國起床前就熱好了早飯，送他出門後才開始她自己的勞作。

「今天也要上山嗎？」她看向王富國問道。

「上山挖點草藥，帶去鎮上賣些錢。」王富國拿起空竹簍。

「但小赫上次來的時候，不是要你最近別上山了嗎，你怎麼還——？」

王富國背竹簍的動作頓了頓，漫不經心道：「別擔心，我又不進深山，只是在山腰附近轉轉，妳就別亂操心了。」

「但是……」

「哎！老太婆！別囉哩囉唆了，我走了啊！」

不等老伴再說下去，王富國走進還帶著涼氣的晨霧中，人影晃動，很快就消失不見了。

他的老妻站在門口，單手扶著門框，一直望著。望著，好像裝了滿心的愁。

七八點的時候，山上的天已經大亮，林深坐在桌邊看著赫颯，看一眼，喝一口粥，再看一眼，配一口鹹菜，好像看著赫颯特別下飯似的。

「你到底看夠了沒?!」

赫颯實在忍無可忍，筷子往桌上一拍，怒瞪。

「沒有。」林深老實地回答，想了想，又道，「很難得。」

也對，平時就算是在山上都很注意自己儀表的赫颯，實在是很少讓自己露出這麼狼狽的樣子。上一次跳進山洪中救人不算的話，這次的熊貓眼還是第一次，眼底下那兩個明顯的眼袋，讓赫颯整個人都顯得疲憊不堪。

「還好意思說！」赫颯怒道，「還不是因為你！說話說到一半，又不肯告訴我究竟是誰，讓我糾結了一整晚。」

「哦。」林深淡淡地應著，「那你覺得會是誰呢？」

「山上山下我們都認識的人，我昨晚全部數了一遍，小雜貨店的老闆娘、韓志、王伯、王嬸，我都想過了！甚至把他們那死鬼兒子都算進去了，想了一整晚得到的答案，就是都不可能！」

「怎麼不可能？」

「韓志先不說，那黑影的輪廓絕對不是小孩，還有身形，即使沒看清外貌，但光看身材也知道絕對是男性，那就排除了老闆娘和王嬸。」赫颯道，「所以剩下的就只有兩個嫌犯，王伯，還有他的死鬼兒子。」

啪啪啪啪啪，林深賣力地鼓掌。

「不錯，很精彩的偵探劇演說。」

赫颯挑了挑眉毛，「偵探劇？好吧，就算按照推理小說劇情來看，排除不可能的之後就只剩真相，那就是說，黑影應該是王伯的兒子了？」

林深聳了聳肩，「不知道。」

「……你能不能在我問你問題的時候換個答案，別老是說不知道。」

「好吧。」林深認真思考了一下，「我還是不知道。」

「……」

赫颯咬了咬牙，深深覺得自己的脾氣在最近這幾個月來得到了林深的磨煉，已經不再是以前那個衝動暴躁容易咆哮的天真傢伙了。

現在的他——

只有在面對林深的時候才更加容易衝動暴躁，並有痛毆對方的衝動！

「那你也不知道是誰了？」

「不是不知道，是還不知道。」林深像是和他兜著圈子玩猜謎遊戲一樣，道，「也許很快就會知道了。」

赫颯放棄了。

「我管你知不知道，就算是你知道我知道，或者是你不知道我知道。我現在，總之很不爽！碗我不洗了，你自己看著辦，我罷工！」

難得抗議的小員工丟下自己的碗筷，氣哼哼地向門口走去。他剛推開大門，就聽見身後傳來一聲呼喚。

「喂！」

哼，怕了吧？

赫颯有些得意地轉頭，「你想說什麼？我告訴你，現在再討好我已經晚……」

「我只是想告訴你。」林深無辜地眨了眨眼睛，「你再往前走三步，就會掉到坑裡去——」

「我——靠！」

林深說前半句話的時候，赫颯還在地上，對方話音未落，他氣急敗壞的聲音只能從坑底裡弱弱傳來。

開門的時候一個煞不住腳，再加上心裡得意著林深的「示弱」，讓赫颯一時忘形，等聽清楚林深在說什麼，整個人已經陷到坑裡去了。

還好這個坑沒有很深，只埋住了赫颯的下半身，他剛想雙手撐地把自己拔出來——

「等等！」林深又連忙制止，「你手邊的地下埋著竹刃，別碰！」

赫颯的手剛剛觸及地面，聽見這句話像是聽見有地雷一樣，嚇得動也不敢動。

先是腳下有坑，接著是手邊有竹刃，下一秒，誰知道還會出現什麼?!

誰能告訴他，這究竟是在自家大門口，還是在哪個危險重重的軍事要塞?!

最後還是林深走了過來，將赫颯提了上去。

雙腳回到地面的時候，赫颯想做的第一件事就是揮拳揍林深，誰知道林深在他耳邊說了一句：「小心點，昨天你睡了之後，我還在院子裡布置了其他陷阱。不要亂走。」

赫颯準備揮出去的拳頭立刻就乖乖縮了起來。

「其他陷阱？在哪？你不能直接告訴我嗎？免得我再發生什麼意外。因工受傷多不好啊，還要你破費出醫療費。」

林深看了他一眼，自然看出了赫諷心裡的小算盤。心道，我要是現在告訴你，你下一秒拳頭就揍過來了，誰會做這麼蠢的事？

他一聲不吭地關上門，回頭就搶在赫諷前面走出了庭院。

「喂！等等，你要去哪？」赫諷連忙追上去，但是又只能小心翼翼地沿著林深走過的地方前進。

「等等我！」像跳樁一樣，赫諷好不容易跟在林深身後走到院子門口，才剛鬆口氣準備大步追上去，林深卻突然停了下來，赫諷避之不及，眼看就要撞上去了。

千鈞一髮地，林深像背後長了眼睛般扶住他，才沒有讓兩人相撞跌倒。

「你幹嘛？怎麼又突然不走了？」赫諷推開他，不耐煩地問。

可是林深一直不說話，只是盯著院外的樹木和小竹林，似乎在仔細打量著什麼。片刻後，他踏前幾步，走到一堆草叢附近。

赫諷見狀，知道情況不對，緊張地問：「怎麼了？」

林深手撥了撥草葉，仔細地搜索著，很快就在幾株雜草的根部發現了一些異樣痕跡。

紅色的，刺目的液體。

——血跡！

赫颯先是微微詫異，接著驚喜道：「是黑影！他踩中陷阱了，血還沒乾，往哪個方向跑了？現在追還來得及！」

「東——」林深剛剛吐出一個字，赫颯就已經一溜煙地竄了出去。

「——邊是不可能的。」在赫颯跑得不見蹤影後，林深才涼涼地補完下半句。

他細細觀察血滴的分布和草被壓倒的痕跡，確定了方向後，便徐徐向西邊走去。

這和剛才告訴赫颯的方向完全相反。

血雖然滴得少，但是對方受的傷絕對不輕。陷阱是林深布下的，他比誰都清楚那是不容易流血、卻會牢牢卡住獵物的捕獸夾。以前山中的獵人用這種捕獸夾來抓大型動物，夾中了就沒有跑得了的。

捕獸夾的鋒銳鋸齒邊緣會牢牢扣住獵物，越是掙扎就夾得越緊，一點一點陷進肉裡，咬進皮肉，卡住骨頭。

那是難以想像的疼痛。

所以林深一點都不擔心獵物會跑遠，他有得是時間。

一路上，跟著草叢凌亂的痕跡和偶爾可見的血跡，林深追著逃跑的獵物來到了某處。

這裡他並不陌生——一座乾淨的墳墓。墳前，還堆著剛剛祭上的新鮮貢品。

看到這些，原本冷靜自持的林深瞳孔猛然縮緊，加快腳步飛奔過去。他在附近的草叢和樹林裡焦急地尋找著什麼，然後終於，找到了昏迷在那裡的一道身影。

那個白髮蒼蒼，帶著一臉痛苦和疲憊暈厥的人。

「王伯！」

林深衝了過去，心急地觀察著王伯的傷勢。老人似乎是因為疼痛過度，早已失去意識，只是含混不清地呢喃著什麼。

「細……細啊，阿細啊。」

聽見他口中不斷呼喊的名字，林深的眸色漸深，嘴角抿緊。無法掩飾的憤怒在他胸中越釀越大！

而就在此時，一個黑影悄悄從他背後接近。

手中舉著反射著亮光的一把長刀，對著林深的後頸用力砍去！

林深下意識地回頭，只看見那人嘴角一閃而逝的得意笑容。陰冷，又帶著得逞的快意，彷彿來自地獄的厲鬼！

第三十二章　無影之人（八）

阿細，阿細，小細仔。

沒用的小細仔，窮光蛋小細仔！

哈哈，你那賣番薯的爸爸呢？你那個挑糞的媽媽呢？

小細仔，沒用的細仔，窮得響叮噹啊響叮噹！

孩子們唱著兒歌跑過，帶著幼稚的惡意，戳傷了男孩的心。然而他只能默默地站著，無法反抗一句。因為他家確實很窮，他爸爸確實在賣番薯，而她媽媽也每天挑著扁擔去別人家的田裡施肥，賺那麼幾十塊錢！

男孩緊緊地握拳，眼中閃著仇恨的光芒。

小細仔。

細這個詞，在他們方言中有老么的意思，意味著家裡的小寶貝，但有些時候也有著無用無能，手無縛雞之力的貶義。

阿細不知道父母為什麼要給他取這個名字，白白受人嘲笑！

是的，因為名字被人嘲笑，因為家裡窮被人嘲笑！為什麼偏偏是他，如果他不叫這個名字、不生在這個家，是不是就能過得更好一點！

比任何人都好！

「阿細啊。」

中年的父親搓搓手走了過來，還喊著他幼時的小名。

王希不耐地挑眉問：「什麼事？」

「你高中畢業之後，還是繼續讀個二專吧，或者找個進修專校，也好學個一技之長。」

「這件事不是早就說好了嗎，我就直接就業，不讀了。」

「那不行啊，現在沒證照沒文憑的，你想找什麼工作？能有什麼飯吃呢？」

「我自己有辦法！」

老父實在是被他氣急了，道：「你有啥辦法！我這麼多年一把屎一把尿地把你拉拔養大，讓你讀書，不就是盼著你能有出息嗎？阿細，你不能像爸爸這樣沒念書！一輩子都只能種田賣番薯！」

實在是忍不下去了，他奪門而出，將身後的呼喚拋之腦後。

什麼責任，什麼養育之恩，什麼出息！這些和他有什麼關係嗎？

他為什麼要背負這些重擔，家人的期望，其他人的目光，為什麼都要他獨自承受！

本來就是，一開始他就不是自願來到這世上，不是自願來到這個家，不是自願背負這些責任。他不要再受這些束縛了，不願！

轟隆隆，頭頂雷鳴震耳，王希一頭衝進下著暴雨的大山中。

從此，再也沒有出來。

再沒有，在世人眼前出現過。

——他獲得了新生。

一個真正重新開始的生命，一個被人需要，被人尊重，讓他覺得自己是有價值的生命！

為了這個，他願意付出一切！哪怕是要他變成一個只能晝伏夜出，活得與死人無異的厲鬼！

王希恨恨地想著，劈下手中的長刀。

在那一刻，他期待看見眼前人眼中的恐懼，臨死前的掙扎和哀求，那會讓他有一種掌控了別人生命的快感！

快啊，快啊！快露出那種眼神，哀求吧，恐懼吧，絕望吧！求我啊！

然而讓他失望的是，這個人眼裡不但沒有這些情緒，甚至還有一絲讓他措手不及的嘲諷。

嘲諷，嘲諷?!你有什麼資格嘲笑我！誰有資格嘲笑我！

王希憤怒，手中因驚愕而停頓了一下的動作，變成更加用力的劈砍！

「咻——嘭！」

一聲重響，然而他已經來不及反應，被一隻飛來橫腳狠狠地踢了出去。

踢飛他的人似乎身手不錯，不但一腳把他踹得老遠，還讓他癱在地上半天爬不起來。

赫颯第一時間衝上去，奪過他手裡的刀。

「這傢伙是誰？」

他看著掙扎的王希，問林深。

「你不知道嗎？林深歪了歪頭，指著一旁的青塚，「當然是地下的惡鬼爬了出來。」

「哈，我就知道。」赫颯冷笑一聲，一腳踏上正要起身的王希，用力將他踩回地上，吃了一嘴的土。

「咳，咳咳！你們……混蛋！放開我！放開我！」王希拚命反抗，然而赫颯踩得他動彈不得，也不知道用了什麼招式，僅僅一隻腳就制服住了這個大塊頭。

「喂，你既然早猜出黑影就是這傢伙，為什麼不早點告訴我？」赫颯不快地問。

「這麼多年沒見，人都會變。而且他和以前相比變了很多，我也沒有第一時間認出來。」林深回到王伯身邊蹲下，小心翼翼地打開捕獸夾，然後仔細觀察王伯腿上的傷口。

「王伯！他怎麼了？」赫颯這個沒神經的，直到現在才注意到林深前方還躺著另一個人，「受傷了?!」

其實在剛剛衝過來的那瞬間，他眼中只看得見要對林深下手的黑影，怒火沖天，都沒注意到旁邊其實還躺著另外一個人。

「被院子外的陷阱傷到了，還好沒有傷到骨頭，我現在可以簡單包紮一下。」

林深卸下隨身帶的背包，翻出繃帶，開始一圈圈繞在老人腿上。

「受傷！踩中陷阱？可是黑影不是這個小子嗎？怎麼會是王伯受傷！」赫颯用力踩著王希的背脊，狠狠道，「你這個天殺的逆子！居然讓你老子去幫你試探陷阱？你還有沒有良心！」

王希「呸」地吐出一口草屑！

「我沒有！」

「那王伯怎麼會無緣無故地中陷阱！啊？」

「關我什麼事，我哪知道他的腦袋是哪裡有問題！」

「啪——！」赫颯一巴掌用力地甩上去，打得王希嘴裡流血，他冷笑，「剛才的話，有種你再說一遍？你這個小畜生！」

王希的眼睛都紅了，拚命地掙扎著。

「你憑什麼打我！你憑什麼罵我！你給我滾！」

「滾個屁！我就是要打你，我開心，打到你半身不遂、打到你半死不活、打到你不能自理！我打——！」

赫颯一陣拳打腳踢，到最後，王希連話都說不出來了，只能嗚嗚地喊著。

林深從頭道尾冷眼旁觀，默默處理著王伯的傷勢。然而，不知道是不是父子連心，昏睡的王伯此時竟然迷迷糊糊地睜開了眼。

「細啊，細仔，不要打我兒……兒子啊……」

他的聲音微弱，半句話還沒說完就又昏了過去，也不知剛才那究竟是囈語還是暫時清醒。

赫颯一僵，手裡的動作也停了下來。看著腳下鼻青臉腫的王希，他心頭火起。

「這究竟是怎麼回事？林深！」他不耐煩道，「我現在心情很不好，趕快把你知道的都說出來！不然下一個被揍的，我就不保證是誰了。」

林深處變不驚地綁著繃帶，許久，才冒出一句：「你首先應該問問，你腳下那隻畜生這幾年究竟是躲在哪，在幫誰做事。」

赫颯聞言看向王希，這兔崽子此時倒是嘴硬，就是不開口。這種寧死不屈，一副烈士從容就義的樣子，赫颯看多了。

這種傢伙，他知道怎麼對付。

於是，他淡淡一笑，道：「你以為你不說，就偉大了？你就高尚，就實現自己的價值了？我告訴你臭小子，那幫人就是看你傻好欺負，才這麼利用你。」

「……」

「還逞強？你自己想想，當你在這裡被我揍得生不如死的時候，那些要你賣命的人在做什麼？」

「還不是好吃好喝地享受，只要招一招手，又有一群像你這樣的狗腿去幫他們做事。你以為自己在他們眼中很有價值？告訴你，就連畜生都比你過得好！」

「不，不……」王希拚命否定著，「不是，不是！他們說我能幹，說我有用！」

「是能幹啊！作為一個聽話又好用、還不會反咬主人的忠狗，你簡直不能更能幹了。」赫颯笑著拍了拍他那張髒兮兮的臉，「不過像你這樣的棋子，少一個也無所謂。知道嗎？說不定當初派你過來的時候，他們就打算失敗了就拋棄你，反正都是沒有價值的廢物！」

「不——！」王希淒慘地大叫，「我不是廢物！廢物已經死了，我早就新生了！我能做到很多事，我是有用的，有用的！」

「有用個屁！」赫颯忍無可忍，一腳踩在他頭上，「你這個拋棄父母的窩囊廢！你倒是有用給我看看啊！有本事你出生後就不要靠你媽餵奶！有本事不要靠父母養大你！你有這個本事嗎，廢物！」

「我不是廢物！」王希跟著回吼，「我是有價值的！我不靠他們！他們和我沒關係！我——噗！」

這次不是赫颯，而是林深過來，一腳踩在他的小指上。只踩著指尾，卻十分用力，十指連心的劇痛讓王希瞬間臉色發青說不出話來。

「不靠他？你以為現在受傷躺在這裡的是誰？」

林深深褐的雙眸，不帶著一絲溫度地看著王希。

「你以為，王伯是為了掩護誰才受的傷？」

赫諷驚訝了，王希呆住了，他們異口同聲地問：「你是什麼意思?!」

第三十三章　無影之人（九）

子不嫌母醜，狗不嫌家貧。

然而這句話擺到現實中，卻在赫諷的眼前變質了。

林深的一句話，讓他和王希都愣住了，隨後他才知道，這個以自殺來逃避責任的蠢貨，腦袋裡裝的都是什麼想法！

「明明已經提醒過王伯不要上山，但他為什麼還會出現在山上，還是木屋附近。」林深看向赫諷，「難道你就沒有想過原因？」

「我……想不出來。」

赫諷老實交代。

「其實一開始我還真的懷疑過王伯。你看，那天你叫我下山警告他的時候，王伯不僅執意要上山，下山的時候我還發現他刻意在觀察周圍環境，像是在試探著哪裡會有陷阱。」

所以那天晚上林深說黑影可能是他們都認識的人的時候，赫諷才會第一個就想到王伯。

林深點了點頭，「你沒看錯，王伯確實是在觀察陷阱，但可不是為了他自己。」

赫諷瞪大眼，盯著他們腳下的這個小子。

「你說，王伯是為了這個傢伙？可是他怎麼知道山上出了什麼事，又為什麼會替他兒子擔心？」他問，「王伯不是認為他兒子在幾年前就死了嗎？難道他早就知道自己的兒子沒死，還在山上搗亂？」

林深搖了搖頭。

「王伯沒有想那麼多。」

「那你怎麼還說……」

「他想到的，只是身為一名父親的心情。」林深看向王希，「你不是第一次出現在山上了吧，在小涵的事情之前，你就曾經來過一兩次，是不是？」

王希閉嘴不語。不過即使他不回答，林深也心裡有數。

「這山上的一草一木沒有人比我更清楚，有外人闖進來，即使再謹慎，也會留下痕跡。」林深說，「早在幾個月前，我就發現有人在樹林附近出沒，偷偷摸摸地不知道在幹嘛。他們自以為不露痕跡，卻不知道每次來都會被我逮到把柄。」

「而王伯和我一樣，對這座山很熟悉，他不可能沒有發現異樣。而在聽你說我布置了陷阱之後，他就應該猜到我要出手了。那麼他如果想要給誰示警的話，再晚一步就來不及了。」

「哦，原來是這樣。」赫颯像小雞啄米般點頭，「不對！『出手』和『來不及』是什麼意思？林深，你究竟想要做什麼？」

林深裝作沒聽見他的話。

「喂喂，不要無視我，你是守法公民，對吧？不要告訴我其實你是恐怖分子，你原本到底是想在山上幹什麼？出什麼手啊！喂！林深。」

作為一個抗壓性足夠優秀的人，林深做到了完全忽視赫颯的聒噪，正經八百地繼續對王希說話。

「他明知道危險，但仍然自己山上來試驗，你以為這些都是為了誰？」

王希的視線游移，不敢正視他。

林深有點火大，一把扯住他的衣領。

「你是不知道，還是不敢想？或者根本就不去想！」

「等等，冷靜，冷靜！」赫颯看他的臉色不佳，連忙阻止，「林深你不要激動，不去看看王伯嗎？他現在還躺在那裡，沒事吧？」

「我打了電話。」林深頭也不回道，「等等就會有醫護人員上山，將王伯帶下去送醫。」

神速！在又罵人又打人又被人砍的這段時間，林深究竟是在什麼時候抽空打了急救電話？赫諷先把這些困惑撇到一邊，他現在只想搞清楚一個問題。

「你說王伯是在試驗，替他兒子試驗，那不就等於是他猜出了黑影是誰嗎？」

「不一定是猜出來的，有時候只是一種感覺就足夠了。比如，他察覺到近日山上的不對勁，還有我的一番動作，再加上他心底隱隱的預感。哪怕只是千分之一的機會，只要他認為會威脅到他的孩子，他就會這麼做。」

赫諷不敢置信，「可是，可是所有人不是都認為這傢伙已經死了嗎？怎麼可能威脅到他，詐屍，還魂？」

「不知道，也許王伯也知道他可能沒死，也許他認為是還魂，或者是別的什麼。只要有一絲可能性，讓他認為最近出現在山上的人與他兒子有關，而且又知道我要出手對付他，王伯就不會置之不理。」

林深道：「哪怕只有千分之一的幾率，哪怕最後證明那和他兒子無關，他也賭不起。」

「我怎麼——」赫諷困惑地眨了眨眼，「有點聽不懂。你的意思是，王伯知道最近有人偷偷摸摸地上山，也發現你要用極端措施應對。就因為懷疑這個偷偷摸摸的人有可能是自己的兒子，所以他才鋌而走險，乾脆自己去試探陷阱？」

「可是，怎麼會？」赫諷問，「他是從哪裡看出這小子還活著，又是從哪裡知道上山的人就是這小子？」

「這點不需要我們知道，血脈至親，總有感覺到彼此的方法。」

林深冷哼一聲。

「你現在要做的事情就是將這個小子的話套出來，這不是你擅長的嗎？趁王伯還沒醒，快點刑訊逼供。」

「你哪隻眼睛看到我擅長了？」赫諷翻了個白眼。

「兩隻都看到。」

「我……做。」迫於林深的威脅，赫諷轉過頭去瞪著地上的人，「對了，這小子叫什麼名字。」

「王希。」

「哦，王希啊。」

像個痞子一樣，赫諷壞壞地笑了起來，摩挲著自己的下巴。

「剛才被打痛不痛？一定很痛吧，真是不好意思，我這人出手就是不知輕重。

不過你也別生氣，嘖嘖，眼睛都要噴火了。」

赫颯蹲下，捏起王希的下巴。

「有什麼好氣的呢？我打你連百分之一的力氣和技巧都沒用上，你該慶幸才對啊。」

王希惡狠狠地吐了一口唾沫，赫颯靈活地躲過。

「抱歉，我可沒有吃別人口水的習慣。」他指了指一旁的林深，「不過這傢伙，你看到沒有？他的壞習慣可是很多的，像是磨竹刀砍砍手指啊，挖坑把你活埋啊，或者是直接一塊巨石把你碾成肉末，不不不，最好是壓得上半身和下半身分離了你都還活著，還能爬著找回自己的下半截——這樣的事情，全都是他擅長的！」

「看到了沒?!」赫颯比畫著林深，「威武雄壯的男子漢，我老大！不然換他來問你，順便把我剛剛說的那些都一樣一樣試試看？」

要是一般人說出這句話，王希不會當一回事，他已經不是被人嚇大的小毛頭了！但眼前這兩個惡徒，可是親手將他打成現在這副苟延殘喘的模樣，他不敢不信。不過赫颯的威脅還是沒有打破他的心理防線，他依舊閉嘴不言。

「哼，還嘴硬？」赫颯挑眉，「別以為我們不敢對你下狠手，要不是看在王伯的面子上……」

「滾！」王希突然大吼一聲，像是瀕臨爆發的獸，「我不需要他自作主張！也不需要你們看他的面子！我和他沒關係，我不用他照顧，不用那老頭多管閒事！」

赫颯冷下臉。

「你說什麼，有本事再說一遍？」

「我說！」王希惡狠狠地說，「從小到大，他們給我的包袱還不夠多嗎！我不需要，我希望自己不是他兒子，我寧願生下來就是個沒父沒母的孤兒，也比現在好！我不需要他自作多情地幫我，我不需要，我自己一個人就可以——」

「你可以個屁！」

赫颯毫無預警地飛起一腳，將王希嘴裡剩下的半句話連著一口血一起踹了出來。

「你可以養活自己？你現在不簡單了啊？也不看看此刻是誰為你躺在地上……他自作多情、你寧願沒父沒母？」赫颯似乎是真的動怒了，連眼眶都紅了，「養頭畜生都比養你好！」

「對！我他媽的就是連畜生都比不上！畜生沒有丟臉的父母，畜生也不會像我這樣因為出身被人嫌棄！我怎麼就這麼倒霉，投胎到這一家！本來可以更好的，比別人都好！我一個人能活得比誰都自在！根本不需要他們多管閒事！」

赫諷的手暗暗收緊，「自在？多管閒事？」

他的聲音放低，輕聲問：「那對你來說，你爸還有你媽到底算什麼？」

「累贅，麻煩！沒有最好！」

王希想也不想地丟出這句話，然後很快地，他就要為自己的失言負責了。

赫諷很冷靜地笑了，接下來，卻做了一個很不冷靜的動作。他扯著王希的頭髮，搶過林深剩下的繃帶，將這人五花大綁地捆住，直接在地上拖著就走。

在樹林裡，地上滿是石塊和草刺，身體觸地的部分很快就被劃出了不少傷口。別說是王希自己，就連林深都沒料到赫諷會這麼做。回過神來後，他連忙追上去。

「赫諷！」

這次換到赫諷不理他了，一直強拖著王希，彷彿手上只是一塊抹布。毫不留情地讓他在地上掙扎，同時，赫諷重複著王希剛才的話。

「累贅？」

家徒四壁，只有一面白牆，那個低矮的屋簷，確實寒酸破敗。

「麻煩？」

兩個老人都年過半百，過不了多久，或許就幹不了農務了，只能垂垂老矣，等待死亡。

但是——

雖清貧，雖衰老，又是為了誰才會變得如此？

因為思念誰，而一夜生白髮。

因為養育誰，而永不辭辛勞。

而現在，這個他們含辛茹苦地養大的兒子，日日夜夜思念的孩子，即使死了也希望他在地下能過好日子、這樣掏心掏肺對待的兒子，竟然說他們——

「沒有，最好？」

赫颯的嘴邊已經毫無笑意，他冷聲道：「是啊，有些人活在這世上就是浪費空氣，浪費資源，沒有最好！」

他已經將王希拖得渾渾噩噩，這個時候卻突然停了下來。

「好啊，那我就善良地送你上路好了。」

赫颯勾起嘴角，將眼前的人拎起來，提到一旁的——懸崖邊。

王希的兩腳懸空，整個身體都掛在外面，身下則是深不見底的懸崖。

赫颯好心提醒：「別動哦，不然我一個手滑你就掉下去了。乖啊。」

王希已經一句話都說不出來了，他的嘴唇發紫，雙腳抽搐，無法控制自己的顫抖。

他知道眼前的人不是在開玩笑，是認真地想把自己扔下去。

因為那雙眼裡，一片冰冷。

第三十四章　無影之人（十）

赫颯現在已經很少發脾氣了。

用他自己的話來說，發怒是年輕人的特權，他已經過了年輕氣盛的年紀。

可是沒想到，在這個遠離喧囂的深山老林中，他也有被惹火到這種地步的時候。完完全全，已經無法理性思考了。就像大腦內有兩個自己，一個怒火沖天，恨不得立刻把眼前這傢伙粉身碎骨；另一個雖然還有些理智，但是也完全不想去干擾或阻止些什麼。

一般來說，赫颯以前一手造成的那些無法收拾的局面，都是在這種情況下產生的。他完全控制不了自己，只能任由怒意升騰。就像現在，王希說的每一句話都狠狠地刺進他的心臟，恨不得下一秒就讓這個人消失在世界上。

都說養兒防老，可是養了這樣一個兒子，還不如養條狗！天生狼心狗肺，不，說他狼心狗肺，還真是侮辱了無辜的動物。

赫颯憤憤地想著，他的力氣不算驚人，兩隻手舉著一個大男人懸在空中這麼久，已經有些撐不住了。不由得，手就開始抖了起來。

王希立刻被嚇得大喊大叫。

「放開我，放我下去！放開我！」

赫颯呵呵地笑了：「你確定？」

他的手作勢鬆了鬆：「我現在放你下去，你可就見不到明天的太陽了。」

王希看著他的笑容，背後升起一陣寒意。

「你、你有種就把我丟下去，他們不會放過你的！不會的！他們會替我報仇，你們等著！」即使到了這種時候，他還不想妥協，只是一味地挑起赫颯的怒火，真不知該說他是笨，還是笨得無可救藥。

「我最討厭的事情，就是被人威脅。」

赫颯冷冷挑眉，故意晃了一下王希。

「反正你不是幾年前就死了嗎？死掉的人不可能再死第二遍吧。」他像是想起了什麼好玩的事情，低頭輕聲道，「所以你明白嗎？就算我現在把你丟下去，也沒有人可以找到我頭上來。」

「因為你很早以前就已經是個死鬼，已經沒有人會關注你的死活了。」

赫颯想起這件事，莫名地開心起來。

「像你這樣不能見人的幽靈，根本就沒有人在意。死了也是白死，嘖嘖，真不划算。」

「你——你這個瘋子！」

王希開始受不了赫諷的詭異語氣，不敢大力掙扎，卻全力咒罵起來。

「瘋子！你是個瘋子！」

「哎呀，猜得真準，不過我這暱稱可不是隨便什麼人都能叫。」赫諷鬆開一隻手，「尤其是你這樣的人渣，就更沒有資格了。」

「啊啊啊啊啊啊啊啊！不要，不要！」王希嚇得魂不守舍，「不要把我丟下去！我求你了，拜託。不！救我，誰來救我！黑……」

一直在旁觀的林深動了動耳朵，緊盯著王希的嘴。

王希似乎也知道自己說漏嘴了，臉色一下子變得煞白，就連自己正處在生死危機之際都顧不上了，緊緊閉上嘴，再也不敢多說。

林深瞇起眼，如果剛才自己沒看錯的話，王希的口型是在說——黑夜。

這個名字，是不是有點熟悉？

理性思考正躲在大腦裡不知哪個暗巷牆角的赫諷，卻什麼都沒注意到。他單手提著王希，覺得自己有點自信過頭了，現在是真的有點抓不住了。

不過，掉下去也沒什麼吧？

赫颯想，乾脆直接讓這個人徹底消失，一了百了，王伯他們以後就不用再為這傢伙煩惱傷心了——大不了他去奉養二老晚年！他越想越覺得自己聰明，漸漸地，原本就快沒力的手，真的有了徹底放手的趨勢。

在此時，一雙手從旁邊伸出，一下子就將王希從崖邊扯了上來。

赫颯措手不及，也被拉得往後一個踉蹌、差點摔倒，他火大地說：「你幹什麼?!」

「這句話應該是我問你。」林深毫不示弱，也不再冷眼旁觀，「你剛才是真的打算把他丟下去？」

不知道為什麼，被林深那雙眼睛看著，赫颯心裡莫名有些心虛，回答也支支吾吾。

「不就是一個手滑嗎？如果真的掉下去了，我也不是故意的。」

林深看著他，突然就笑了。

赫颯瞬間驚悚，見到一個平時幾乎不愛笑的人突然對你笑的感覺是什麼？反正他的感受不是受寵若驚，而是驚恐萬分。當林深這麼笑，絕對沒有好事！

「你是故意的。」林深幾乎是氣極而笑，「你想殺了他。」

被他用這種語氣說出心底最深處的想法，赫諷有些惱羞成怒。他瞪著林深，指著地上的王希，問：「是又怎樣？那你來說說像這樣泯滅人性、不顧孝義、生了等於沒生的傢伙，活在這世上還有什麼用？就算他死了，也不過是為民除害，有什麼不行？」

「說得很好聽，是為民除害，那你又代表了誰？」

林深看著他，冷靜地問：「你是王法還是天道？赫諷，別太過自滿，你以為自己可以隨便決定別人的生死？」

「我——！」

「如果你真這麼認為，那就和那些妄圖自殺斷送自己性命的傢伙，也沒什麼不同了。」林深緩緩道，「不過相比起來，他們只是決斷自己的生死，而你卻妄圖掌控別人的性命，這更可怕。」

「我不是！難道你就不氣他這樣對王伯，王伯卻是怎樣待他的？這實在太不公平了！」

林深打斷他：「原來你也知道王伯是怎麼對待他的，我還以為你忘記了。」

赫諷語塞。

「記住，你試圖『殺死』的這個人是王伯的親骨肉。他該不該死，不是你能決定的。」林深看著地上還在顫抖後怕中的王希，淡淡道，「哪怕明知道他是一隻臭蟲，一個垃圾，只要王伯想要他活著，他就不能死。」

「為什麼?!」

「因為這就是父母。」林深抬高聲音，「公平？從來就沒有不公平！父母對於孩子的愛及孩子回饋給父母的情感，如果真的放在天平兩端衡量，是完全不等重的。」

赫諷暗恨，卻也無能為力。因為他冷靜下來後也明白，就算是如今這樣人鬼不如的王希，只要王伯知道他還活著，也一定會驚喜萬分。這就是血緣，這就是父母。

「嘖，真是不甘心。」赫諷看著地上不斷地自言自語、醜態畢露的王希，不甘道，「難道就這樣讓他活著，然後當隻寄生蟲吸乾王伯他們的血？誰知道這小子還會不會搞出什麼鬼名堂！」

林深見他總算不那麼衝動了，這才安心下來。

「這個你不用擔心。」

他看著王希的目光複雜，似乎還隱隱帶著一絲憐憫。

「早該死去的人突然復活回來，是不會得到什麼好下場的。」

赫颯看了林深一眼，總覺得他話裡有話。

「而且——」林深道，「我也不會讓他過得那麼舒坦。」

「是嗎？那就隨便你了。」赫颯悻悻然道。

此時，林深的手機突然響了起來。原來是醫護人員已經到了山上，正在詢問林深的具體位置。

事情到了這一步，一直躲藏在山中的王希，終於重新曝光在世人眼前。

赫颯根本無法預測到，跟著醫護人員一起上山的王嬸，在看到王希的時候竟然會是那副模樣。

她幾乎是想也沒想就衝上去抱住了自己的兒子，即使多年過去，卻還是像當年將幼兒的他抱在懷中一樣深情、溫柔。

「細啊，阿細！你終於回來了。媽知道，媽就知道你沒死……我的細啊！」

向來感情內斂的老婦突然像崩潰了一般，抱著王希號啕大哭。丈夫的受傷，兒子的死而復生，接踵而來的衝擊讓她瞬間彷彿變得更加蒼老。

但是，赫諷注意到，那帶著眼淚的渾濁雙眼中卻是喜極而泣的光芒。世上最珍貴的珍寶失而復得的喜悅，大概就是如此了。

醫護人員困惑地靠過來詢問。

「那邊那位也是傷者？」

林深搖了搖頭，道：「不，他是失蹤人口，今天卻突然出現了。」

「這麼離奇？」

「可能是有什麼內情吧，不過你們最好也替他檢查一下，我和我員工發現他的時候，他的精神似乎有些不正常。」

「不正常？」

林深淡定地點頭。

「嗯，只要一有人接近，他就以為別人想傷害他，可能是某種妄想症吧。」

正說著，一位醫護人員已經走向王希，還沒反應過來，就見原本像失神般被王嬸抱著的王希，開始瘋狂地掙扎起來。

「不要過來！不要接近我，滾、滾啊！」大吼完後，他又變成苦苦哀求，「啊、啊！不要打我，救我、救我！」

所有人大驚失色，看著瘋瘋癲癲的王希，紛紛上制止他。

林深看似不解地說：「他好像把所有接近他的都當成是要傷害他的人，一開始也是對我們拳打腳踢的。」

一位急救員說：「也許是在失蹤時遭受虐待，精神承受不住而崩潰了。」

林深點頭，做出一副原來如此的模樣。

「看來他真的有些異常，是不是一起送去醫院好好檢查比較好？」

急救員點了點頭，接著便上前幫忙制伏瘋癲狀態的王希。

從頭到尾都沒有插嘴餘地的赫諷，眼睜睜地看著林深隨口幾句話，王希就這麼被當成了「精神異常」，有可能以後還被診斷為精神病患。

這也太離譜了。

趁著所有人都還圍著王希和王伯，赫諷悄悄走過去，問：「你怎麼辦到的？他難道真的瘋了？」

林深白他一眼。

「這不是多虧了你？剛剛那樣刺激他，現在，我要說他沒瘋都沒人信。」

兩人看向王希，他似乎還沒擺脫臨死的恐懼，有些神志不清。不過這一點，也正好被林深利用。

剛才赫諷對付王希的時候，他之所以到最後才出面阻止，原來也是有著許多考量。

現在眼前的王希似乎真的變得瘋瘋癲癲，排斥所有人的接近，行為舉止異常又古怪，讓人不信林深的話都不可能了。

林深冷眼旁觀，淡淡道：「不如說，從很久以前開始，他的精神狀態就不正常了。」

「怎麼說？」

林深看著腳下的大樹，盤根錯節，深深扎入地下。

「沒有根的樹，失去影子的人，如何久活？」

無論王希是遊蕩世間的活鬼，還是忘根而不孝的孽子，他都親手斬斷了和這世界的聯繫，活在自己可悲的小世界中。瘋與不瘋，只在一念之間。

事情到此畫上句號，王希似乎真的瘋了，每天嘴裡都在碎念著一些別人聽不懂的語句。

王伯康復後接受警方詢問時，也只說自己是上山不小心踩中捕獵的陷阱。對於王希的突然出現和自己的受傷原因，王伯很有默契地說出了和林深他們一致的證詞。

沒有證據，又有王伯故意隱瞞，沒有人將這次的事和守林人做出連結。守林人遇到他們，似乎只是巡邏中的偶然。

一切似乎很簡單，卻又不那麼簡單，有什麼隱藏在迷霧中，卻沒有人願意去探究。

鎮上的警局也不願意和林深有太多牽扯，既然王伯都這麼說了，王希又是那副精神錯亂的狀態，他們也就草草結案了。

事情，又回到了原樣。

不，有一點還是變了。為了照顧入院又不能自理的兒子，王伯一家從鎮上搬去了市區，從此也不能繼續上山送糧食了。

走的那天，他還特地來見了林深一面。赫諷不知道他們聊了些什麼，只是離開的時候，王伯在王嬸的攙扶下，是一瘸一拐地笑著走的。

「小赫啊，以後我不能來了，要好好照顧好自己啊。」

臨走前，他還叮囑著赫颯。

「王伯。」赫颯欲言又止，他想問眼前這個老人是不是猜到了什麼，是不是知道王希的事和他們有關。又想問他，現在照顧著這樣廢物般的兒子，難道就不累嗎？

然而他還來不及問出口，只看到王伯露出一個笑容。

「人啊，再累再苦，只要有能盼望的事情，就能熬下去。」

是啊，王希就是他們夫妻的希望。哪怕他現在似乎是瘋了，哪怕他如此不孝，卻仍然是這對老夫妻切不斷的根。至少在王伯夫妻看來，兒子回來了，就是一種幸福。

兩位老人彼此攙扶的背影在山道上漸行漸遠，直到再也看不見了。

赫颯站在木屋門前望了許久，他想了很多，最後不得不承認。

林深讓他留下王希的命是對的。因為王希那條不值錢的命，現在，反而延續了這兩位老人的命。給了他們希望，讓他們有了繼續努力的動力。

「發什麼呆？」林深神出鬼沒，出現在他身後，「我們還有事情要做。」

「什麼？」

林深的眼睛閃了閃。

「無影無根，偏偏又喜歡躲在暗處的遊魂，可不止王希一個。」

王希喊的「黑夜」是誰？在「黑夜」背後究竟還有著怎樣的陰謀？

林深現在考慮的，是如何將這群遊魂全部抓出來，一個都不放過！

可是無影無蹤的鬼影，真的是那麼容易就能抓住的嗎？

遠方，醫院裡的王希透過窗戶看著天空，眼中是痴呆般的目光。

「我是有用的，我是有價值的！我……」

他喃喃念著什麼，陽光照進屋內，留下道道光影。然而王希背後的影子卻是那麼稀薄微弱，像是煙霧，輕輕吹起便會散去。

活著，卻和死了無異。

這個可憐可悲又可恨的人，還是有愛著他、願意為他不惜一切的人。

他們的生活繼續向前拓進，沒有落下帷幕。

無根之木，無源之水，無影之人。

飄蕩在這世上，斷了根源，自尋滅亡的人，還有多少？

下一個，又會是誰？

赫颯聽著林深的話，順著他的目光也看向群山。綠意茵茵，樹冠彼此交錯，這麼一座深山密林，究竟還要牽扯出多少故事，多少情仇？而他自己，之後又會繼續和怎樣的人相遇？

莫名地，他想起王伯的那句話。

人只要有希望，就能活下去。

赫颯笑了笑，道：「管他的，我就暫時把這個黑夜和他背後的神神鬼鬼，當作打發時間的消遣好了。來一個嫌少，來一對不怕！」

林深點了點頭，默默讚賞這種大無畏的氣勢。他找了塊石頭坐下，手裡剝著一片長長的粽葉。

「……你這粒粽子哪來的？」

嚼，嚼，嚼。

「你把家裡的藏起來，不給我吃。」

嚼，嚼，嚼。

「我只好自己去拿了。」

什麼？

嚼啊嚼啊嚼，林深吞下一口粽子，說：「那天回來的時候，順手打包的。」

他想了想，「反正王希也吃不到了，不要浪費比較好。」

啊嗚一口吞下，林深把粽葉隨手一扔，像是把帶來不快的事情也拋到腦後。

西山的那座空墳，也該徹底剷除了吧。

不，或許還是留著比較好。

因為那墳上所祭之人，已經徹徹底底不存在這世上了。

粽葉被風吹了吹，落下山崖。

半晌，山坡上傳來一陣怒吼。

「林深，誰准你亂丟垃圾了！」

「……」

「今晚不准吃晚飯！」

「……」

「也不准去墳邊偷吃人家的祭品！不然以後你就等著頓頓吃泡麵吧！」

山上風大，這句話遠遠傳出去，聽在林深耳中彷彿出現了回音。

吃泡麵吧，泡麵吧，麵吧，吧……

林深想，不知道現在跑下去撿那片粽葉，還來不來得及？

風穿過山頂，像是在小聲笑著這兩人，竊竊地跑遠，飛向大山外的世界。

這個充滿著魑魅魍魎，光怪陸離的世界。

第三十五章　第六根手指（一）

小鎮難得這麼熱鬧，一大清早，一群年輕人就聚集在上山的路前，嘻嘻哈哈地準備著什麼。

有人在前頭一個一個數著人數。

「一、二……十一、十二、十三！怎麼還少一個人？李東呢，那傢伙去哪了？」

「大東去雜貨店買水了！」人群裡有人大聲回道。

「怎麼讓他一個人去啊？那麼多人的水！」

「那傢伙樂意，我們哪管得著啊？他就是閒不住嘛。」

正議論間，被眾人討論的李東從遠處急匆匆地跑了過來，兩手各拿著一個大袋子，裡頭滿滿的都是瓶裝水。他一個人提著袋子小跑過來，腳步踉踉蹌蹌的。

「矮油，大東真勤勞！大好人啊，太優秀了！」

「大東是想借機跟女生她們示好呢，你懂什麼？」

少數幾個女孩子聚在一起，咯咯笑了起來。

一群人嘻嘻哈哈著，只有最開始點名的那個年輕人走了過去，幫李東拿了一個袋子。

聽著周圍人的調侃，他無奈道：「不要理他們，這群人，你越順著他們，他們就越懶散。」

「班長你不厚道！」

「你不順著我們，還不准大東順啦？」

「是啊，大東可是我們的心靈依靠，班長滾一邊去。」

李東也笑笑。

「沒關係啦，我也是幹部，幫大家做點事是應該的。」

他這句話，又引來了這群年輕人的一陣調侃，有的起哄，有的鼓掌，有的吹起口哨，朝兩人擠眉弄眼。

班長楊銳眉頭輕蹙，終究沒多說什麼。

等人到齊，東西都確定準備好了以後，一行人排著隊按照事先的計畫開始登山。他們來綠湖森林幹嘛？排隊自殺？不不，只是一群吃飽太閒的大學生沒事找事，來市外的風景區踏青而已。

美其名曰陶冶性情、貼近自然，回歸生命的本初。

不過爬山這件事並不像想像中那麼美好。早上剛出發時天氣還微微帶著涼意，到了九點十點溫度漸漸上升，再加上運動的體力消耗，每個人身上都出了一層汗。幾個體弱的女生，更是半路就喊著爬不動了。

看著她們抱怨著腳酸，一副不想再爬的樣子，其餘男生為難地面面相覷，終於有人忍不住提出建議：「不然這樣吧，我們不沿著大路走，繞著小路走，順便看看風景怎樣？」

「哎，怎麼這樣，那不是更累嗎？」女生中有人抱怨著。

「妳要這樣想，走大路，看到的終究是別人看膩的風景，走小路的話，說不定能看到不一樣的景色。再說，這深山密林、老樹斑駁的，說不定就有個花精蛇精藏在暗處呢？哈哈。」

「你們男人滿腦就只有這些！下流！」

「別這樣啊，誰說妖精一定就是女的了，說不定來了個男妖精，妳們也可以享享眼福啊。」

在幾個男生的起哄下，幾個原本準備半途而廢的女生終究還是被說動了。休息一會後，一行人離開大路，開始挑小路走。最開始的時候，每個人都很興奮，森林裡一有風吹草動都要大驚小怪一下，故意嚇嚇女生獲得滿足感。

班長楊銳拿這些人實在沒有辦法，也只能隨他們去。他只想著，不要走太深的話，應該不會出問題。

可惜，人類這種生物常常太看得起自己，卻小看了自然。即便是再警惕理性的人，也會有犯錯的時候。當楊銳回過神來的時候，這群玩嗨了的年輕人已經不知道跑到山林裡的哪個偏僻角落去了。

「我怎麼覺得不太對勁。」最後還是一個短髮的女生提出了疑問，「我們是不是走過這片樹林？」

「怎麼可能，妳以為是鬼打牆嗎?太敏感了。」

有人不屑地揮了揮手，「再往前走一點吧，我好像聽到水聲了。」

「不對啦！」那女生急了，「我真的記得我們走過這一帶，不信你們看，這是剛才徐一飛摘的花，現在斷枝還在呢！」

「妳會不會看錯了？」

「叫徐一飛來看！」

那個名字是徐一飛的男生湊上去看了看，半晌，也嚇出了一身冷汗。「就是那朵，我還在旁邊的樹上刻了字，沒錯!字還在呢！」

一飛到此一遊

歪歪扭扭的幾個字刻在樹幹上，看起來就像小蟲爬過，但此時沒有人嘲笑他的字醜，所有人的思緒都被驚恐襲占據。哪怕是再沒有常識，他們也知道在深山裡迷了路，是會出人命的啊！

「手機，快看看手機有沒有訊號！」

有人這麼一提醒，周圍的人都拿出手機來看，這一看更是嚇得魂飛魄散。

「沒訊號了！」

「怎麼可能？我剛剛還看到有幾格！」

這些學生亂成一團，有一個膽小的女生實在是受不了了，「哇」一聲就哭了出來。這下場面更混亂了，哭的哭，罵的罵，還有人在幸災樂禍。

「我就說不要來這鬼深山野林，你們偏要來，這下出事了，好玩吧！」

「周奕君！」楊銳厲聲斥責，「現在是說風涼話的時候嗎？」

被他訓斥的那個男生冷冷哼了一聲，從頭到尾他和眾人保持著距離。他們打鬧的時候他不參與，現在更是落井下石。

楊銳忍不住頭痛起來。每個班上都會有幾個不合群的人，可是他們班的這個卻特別白目。

「班長，不然我去探探路吧？」李東這時候主動提議道。

「好啊好啊，大東去探路，我們就有救了。不然還不知道要被困在這裡多久！」

「是啊，班長，就讓大東去好了，我們先在這裡等。」

周圍的人紛紛附和起來。

「別亂來！」楊銳太陽穴上的血管跳得更厲害了，「這時候就更不能分散了，你們不知道嗎？要是讓李東一個人去，遇到危險了怎麼辦？總之誰都不准脫隊，聽到了沒？」

眾人被他一吼，雖然也有人不滿，但是都唯唯諾諾地不敢再說什麼了。他們知道自家班長超嚴厲，一旦下了決定就絕對不容人違背。

而且楊銳這人真的挺負責的，不會拿任何一個人的性命當兒戲，所以最後大家還是乖乖聽他的話了。

許久，有人不耐煩道：「喂，我們到底還要在這裡等多久，天黑了怎麼辦？」

「天黑以後，那些妖魔鬼怪就會全部跑出來。山上也不知道有沒有野獸，哼哼，牠們今晚可以飽餐一頓了。」

「哇啊！不要嚇我！」

「不是嚇妳，是真的，妳以為要是真的有野獸出現，我們躲得過嗎？尤其是狼，牠們都是成群結隊地捕獵……」

楊銳聞言皺了皺眉，「先生火，誰有打火機？」

「我有！」

「男生去附近找些樹枝，越多越好，我們把火點起來，然後女生坐在內圈，男生在外圍。」楊銳道，「到了明天，旅館的人發現我們還沒有回去，就會派人上山來找了。不要太緊張，不會出事的。」

他的話稍稍安撫了人心，可是就在這時候，突然又有人尖叫起來。

楊銳不耐地看著那個發出刺耳叫聲的女生，「叫什麼？」

「有聲音啊。」那女生神經兮兮地說，「你們沒有聽見嗎？窸窸窣窣的腳步聲，越來越近了。」

眾人側耳傾聽，有人說自己也聽到了，有的還是沒聽到。

「會不會是有人來找我們了？我們把他們喊過來吧！」

「別傻了，這個時候誰會上山？而且還是沒人走的小路，我看不是人，是山上的孤魂野鬼出來了。」

「啊——！別嚇我啊。」

徐一飛還有心思開玩笑：「哈哈，說不定是之前說的山精野怪之類的，化作美女來吸我們的精氣啦。」

「亂說什麼啦？」楊銳哭笑不得。

「是真的，班長你聽，聲音越來越近了！看，那邊的灌木叢在晃！」

這下所有人都屏住了呼吸，每個人都看到了越晃越激烈的草叢，而且看那動靜，來的最起碼也是大型野獸。

十幾個人一時都忘了防備，心臟怦怦跳地緊盯著那片異樣的灌木叢。

然後下一秒，只見一隻慘白慘白的手從枝葉裡突地伸出來！

「哇啊啊啊啊啊啊啊啊啊啊啊！鬼啊！」

「嗷嗷嗷嗷！何方妖孽，看我降魔棍法！」徐一飛隨手抓了根樹枝就要衝上去。

那灌木叢裡的東西掙扎了幾下，全身掙脫出來，不耐煩道：「叫什麼叫，有看過長得這麼帥的鬼嗎？」

聽鬼這麼說，眾人才定眼看去。

咦，這鬼長得鼻子是鼻子、眼睛是眼睛的，劍眉微挑，好像、好像有點好看。幾個女生看著看著竟然臉紅了，就連原本準備打鬼的徐一飛也愣愣地說：「難道，還真的出現男妖精了？」

只聽見這男妖精身後又傳來一聲冷笑，隨即，第二個人影鑽了出來。

「竟然被當成妖精，你也是挺厲害的。」

這人才剛出現，眾人見他一臉冷意，眼角似乎帶著滿滿的不屑和厲芒，馬上就有人驚叫出聲。

「靠，又出現一隻狼妖！」

「噗！」

忍不住笑出聲的是赫諷，被人當作是狼妖而頭冒青筋的當然就是林深了。

兩個守林人巡邏時，在路邊發現了陌生的腳印向樹林深處延伸，這才追了過來。沒想到追了半天，遇上的竟然是一群不諳世事的大學生。

還被當成山中精怪！

「狼妖！」赫諷朝喊出聲的那人豎了豎大拇指，「好眼光！貼切。」

林深冷笑一聲看著他。

「是嗎？那我倒要看看你這男妖精要往哪裡跑？」

他從背後一把摟住赫諷的腰，挑眉：「妖精，還不快來伺候本大王。」

赫諷呆住，此時完全停止了思考。

滿腦只有那句「妖精」。

腦中，林深彷彿對他勾了勾手指，邪佞道：哎呀，你這惱人的小妖精，真是調皮！

噗——！一口老血，血濺三尺！

第三十六章　第六根手指（二）

聽到林深的發言，比赫颯反應更大的是這群迷路大學生中的幾個女生。她們像是集體打了興奮劑一樣躁動起來，原本對於困境的害怕和不安，被發現了新鮮事物的好奇與興奮替換下去。

「是真人耶，真人！」

「哇，我還是第一次看到現實中的……」

「而且最難得的是兩個都長得很帥！這一趟沒白來！」

「迷路也值得了！」

「死而無憾啊！」

「快快，把手機拿出來拍幾張，不要被他們發現了。」

喂喂，同學，妳們討論的聲音都那麼大了，還怕被人發現嗎？

被這麼一打岔，赫颯心裡的驚悚也隨風散去了。而林深也很快收回了手，好像剛才那麼做那麼說的完全是另一個人。

這傢伙該不會又在整我吧！

赫颯理所當然地將林深的突兀舉動當成惡作劇，原本的無措和慌亂很快變成了憤憤不平！

又被林深耍了！

給我等著，以後有你好看！

揚揚拳頭威脅了一下林深，赫諷拉平衣服皺摺，掛好招牌笑容走向那群大學生。

「我們可不是什麼妖魔鬼怪，是這座山的守林人。你們是迷路了嗎？我們可以帶你們出去。」

「……」

說完這句話後，赫諷發現收到的反應和想像中不太一樣，這群迷路的學生不僅沒有熱淚盈眶地朝他撲過來，甚至還一臉狐疑。這是怎麼回事？

赫諷看了看自己的打扮，沒有哪裡不得體啊。

這時，他注意到有女生在一旁捂著嘴偷偷地笑，這才反應過來！

肯定是剛才的出場方式太過離奇，再加上和林深的一番「演出」，現在說自己是守林人，是正正經經的公務員，還有誰會信？

滿懷哀怨地回頭瞪了林深一眼，赫諷對於自己的魅力第一次沒有發揮作用，受到了深深的打擊。

林深無視他那兩記眼刀，走到看起來像是領頭人的學生面前。

「這是我們的工作證，和員工編號。」他掏出證件遞給對方，「你們擅自離開大路挑小路走，已經給我們的工作造成了很大麻煩。希望現在可以配合一點，不要再讓我們困擾了。」

楊銳接過證件，確認無誤後，鬆了一口氣。

「抱歉，林先生！都是我們一時興起惹的禍，造成你們的麻煩真的很不好意思。我們這就下山。」

林深點了點頭，對他的配合很是滿意。

「好，跟著我走，盡量不要落單。」

「是！」楊銳轉過頭喊道，「這兩位巡山員要帶我們出去！不准再玩了，聽到沒？」

大學生們聽見能脫困，齊齊應了一聲，很聽話的樣子。

赫諷就這樣看著林深輕鬆搞定了信任問題，想著自己好聲好氣沒有用，林深這樣故意擺臉色，那群學生反而信任他。心裡難免不平衡，他嘖嘖地搖頭感歎：

「這世道，好人難做啊。」

林深正好從他身邊走過，回了一句。

「因為現在喜歡披著好人外衣的，往往都是作奸犯科之徒。」

赫颯一愣，反應過來後連忙追了上去。

「喂！林深你是什麼意思！我哪裡長得奸？明明是翩翩君子、溫文爾雅好不好！」

「偽君子。」

「……越講越故意啊，有種再說一遍。」

兩人一邊鬥嘴一邊走在前面開路，似乎完全無視了身後這群學生。

不過，有些學生也巴不得他們忽視自己的存在。

「哎呀，妳拍到了嗎？」

「有有有，剛才那個動作太閃了，根本就抱在一起了，我拍到了！」

「回去記得PO！」

「標題就用——《深山之戀，兩個與世隔絕帥哥的曠世長情！》。」

「靠，太狗血了啦。直接叫《今天爬山的時候，撿到了兩隻藍精靈》就好了！」

走在隊伍中間的楊銳只覺得頭更痛了，他聽著女生們興奮的討論聲，又看著前方兩個正渾然忘我地「打情罵俏」的守林人，不禁開始懷疑，這次的登山之旅難道真的是個錯誤的決定？

然而，意外再次突然降臨，就在所有人都覺得自己再過一會就能回到溫暖的旅店時，天空中卻突然飄起了雨絲。

一開始只是一兩滴，後來卻越來越大，簡直像是誰在天上撕開了一道裂口，大雨傾盆而下。

林深看著逐漸變大的雨勢，突然停住了腳步。

楊銳第一個注意到他的反應，連忙問：「怎麼了，有什麼問題嗎？」

赫颯看了看越下越大的暴雨，替林深回答：「雨下得太大了，看起來短時間內不會停了，這時候下山很危險。」

「這、可是這怎麼辦？」楊銳皺眉，「我們就一直這樣待在山上，那不是更危險嗎？」

林深也皺起眉頭，似乎想到了什麼麻煩事，可是還沒等他仔細考慮決定，一旁的老好人赫颯就先出聲了。

「不用擔心，我們的住處就在這附近，你們可以先去那裡避雨。」赫颯剛說完，就感覺到後背一道火辣辣的目光。

他回頭看去，只見林深正不悅地看著自己。

怎麼了？赫颯不解地側了側頭。

而另一邊，大學生們已經興奮了起來。

「這山上還有住的地方嗎？」

「那不就跟隱居一樣，天天鳥語花香的，太幸福了吧！」

比起其他人的興奮，楊銳倒是有些猶豫。雖然這兩人自稱守林人，自己也看過證件了，可是在這種時刻跟著陌生人去他們的住處，真的沒問題嗎？

林深看出他的猶疑，不耐道：「不願意的話，現在你們自己下山。」

「班長，班長！還猶豫什麼，去啊。」

「是啊，現在下山太危險了啦！還下著這麼大的雨呢！」

在周圍人的催促下，楊銳最終還是點了點頭，同意了。

「抱歉，林先生，因為事關大家的安危，我不得不多考慮些，不是不信任你。」

林深沒說話，只是點了點頭表示接受，便帶著這群大學生走朝木屋的方向前進。

赫颯跟在後面，見他似乎有些不開心，湊過去問：「你怎麼了？」

林深難得地臉上帶了一些煩躁，直接回道：「煩！」

他竟然表現得這麼明顯，赫颯有點驚訝。

「煩？」

「……我不喜歡有不熟悉的人住進家裡。」

赫颯稍微一想，立刻明白了。對自己而言，那棟木屋只是一個工作的地方，但是對於從小在那長大的林深來說，卻是有著他寶貴回憶的家。以林深的性格，現在有這麼一大堆陌生人要闖進自己的私人領地，自然心裡不太舒服。

想通這一點後，赫颯一時有些愧疚。

「抱歉，是我剛才說話不經大腦，沒考慮到你的感受。」

林深瞥了他一眼，見赫颯一臉內疚，便裝作不在意道：「你想太多了，就算你不說，我最後也會帶他們去木屋。」

「啊？」

「總不能把十幾條人命丟在山裡不管。」

赫颯恍然，接著了然一笑。

林深雖然有時候嘴毒又刻薄，但其實是最面冷心熱的人。這樣的人，別說是對親近的人，就連對陌生人也做不到完全狠心，只是表面看起來冷漠罷了。

赫颯大感寬慰，同時也想，以後是不是能抓著林深的這點，好好地回整他一次呢？

就在赫颯圖謀不軌時，一群人已經走到小屋附近。這時候天幾乎完全暗了下來，只能看到茂密樹林中露出的一點點屋頂，還有那帶著歲月刻痕的木質屋牆。

來自城市的大學生們一時間都看呆了。

婆娑大雨下，茫茫細霧中，這一座掩在綠色中的木屋，就像是灰姑娘的午夜夢境一樣闖進了他們眼中。

幾個女生更是看著林深和赫颯，雙眼放光。

「原來還真的是住在童話世界裡的精靈啊！」

林深沒有聽到，推開柵欄就走進了庭院。回頭看見其中一位好奇地四處亂碰的大學生，淡淡地提醒：「我建議你，最好不要再往前走。」

「什麼？」

徐一飛呆呆地回頭，抬起的腳還沒有放下。

這時赫颯拉開他，輕輕丟了一塊石頭到他原來準備落腳的地方。

「嗖」一聲，雨中迅速竄起一道黑影，快得幾乎讓人以為是錯覺！

等大學生們揉了揉眼睛看過去，才目瞪口呆地發現原地不知什麼時候多了一排竹刀，一致地砍進地面，差不多陷了十五公分深。

赫颯拍了拍徐一飛的肩膀，微笑道：「同學，走路小心點啊。」

徐一飛完全傻住了，只能看著地上那一排銳利無比的竹刀，彷彿看見晚了一步，換成自己被捅成蜂窩的場景！

他的額頭流下大滴的冷汗，後怕不已。一旁的同學也感同身受，驚恐地抬頭四望。

這哪是童話世界，哪裡是清新小木屋啊！

明明就是危機四伏的地獄！

看到大學生們都受到了警示，赫颯悄然一笑，對著站在院子裡的林深眨了眨眼。

怎麼樣，大爺我做得不錯吧？

林深輕輕勾起一邊嘴角，覺得像赫颯這樣討好邀功般的舉動，其實滿可愛的。

風雨交加的夜晚，林中小屋中多了一群涉世未深的客人。
就像是誤闖糖果屋的漢賽爾和葛麗特，等待他們的，會是什麼？

第三十七章　第六根手指（三）

對於這群大學生來說，在這座深山老林裡夜宿是一次難得的經歷，而對於這棟年代已久的木屋來說，它也是第一次迎接這麼多客人。

本來兩人住空間綽綽有餘的屋子，一下子變得狹窄許多，在客廳吃飯的時候，十幾個人擠在一起，甚至連轉個身都很困難。

「喂，喂，那盤肉是我的，你不要動！」

「什麼你的我的，誰搶到就算誰的，哈哈！」

「有我喜歡吃的菜耶！赫大哥的廚藝真是太好了！」

「一飛，留點花椰菜給我……」

原本只有兩個人的餐桌，此刻變得像學生餐廳一樣吵鬧，林深有些不耐地皺了皺眉，然後，一雙筷子很不合時宜地從他面前夾走一塊肉，筷子的主人「啊嗚」一口吃完了，還回頭問在廚房裡忙碌的赫諷。

「赫大哥，還有嗎，我肚子還沒飽呢。」

赫諷又端了一盤菜出來，放在桌上。

「這是最後一盤了，誰要是還肚子餓，就去吃泡麵吧。」

「啊，怎麼這樣啊……」

「是啊是啊，我們還想再嘗嘗赫大哥的手藝呢！」

赫颯無所謂地笑了笑，似乎想說些什麼，這時「啪」的一聲，有人用力將筷子拍在桌上，嚇了所有人一跳。

「跟我出來一下。」

林深推開椅子起身，對赫颯說完，便頭也不回地走出小屋。

一時之間，那些學生都被他身上的凌厲氣勢嚇得不敢說話，彼此大眼瞪小眼，不明白哪裡又惹到這位冷面閻王了。

「你們先吃吧。」赫颯拍了拍坐得離他最近的徐一飛的肩膀，道，「我和林深有點事要聊，很快就回來。」

「哦，嗯。」

大學生們連忙點頭，目送赫颯離開。

大門關上的那一瞬間，赫颯的耳朵很敏銳地捕捉到了一些竊竊私語。他的眼角掃了一下，嘴邊帶著一些未明的笑意，往前走去。

大門前方，只見林深正一個人站在庭院裡，看著那一叢綻放的月季，神色似乎有些不快。

「怎麼了，誰又惹到我們的大老闆了？」

林深微微側過頭來，看著他。

「你。」

「我？」赫諷一愣，隨即苦笑，「我幫你好吃好喝地招待客人，不算苦勞就罷了，也沒惹到你什麼吧。」

「就是這一點。」林深蹙眉，「他們只是一群擅自闖進深林帶來麻煩的傢伙，暫時借住一晚而已，你卻像奴隸一樣在伺候他們。」

「喂喂，奴隸這個形容也太過分了，我只是盡一盡地主之誼。」赫諷不滿地抗議。

「這樣一群只會給別人添麻煩，對幫助自己的人不知道感恩，反而理所當然地享受的傢伙，沒有必要把他們當作客人。」林深道，「等等我會對他們說明，從明早開始我們就沒有義務免費提供食宿，他們必須付出相等的勞動回報。」

林深的等價交換規則又出來了。不允許別人吃白食，認為哪怕是小孩都必須認真履行自己的義務，才有資格享受附帶權利。對於這群不諳世事，認為別人的幫助和好意是理所當然的大學生，他能忍到現在也算是一種奇跡了。

赫諷無奈地歎氣，「好吧，我等等回去再跟他們說。」

「不用，我去說。」林深打斷他，「你要做的唯一一件事，就是不要再對他們有求必應，你是我的員工，不是他們的奴隸。」

「好好。」

「認真回答。」

「明白了，長官！」赫諷站得筆直，舉手敬禮，但是他做出這個動作，反而顯得有些不正經。

林深無奈地看著他，「你……」

正想說些什麼，兩人突然同時望向身後。只見木屋朝著這邊的窗戶附近閃過一個黑影，一個人飛快地從窗前離開。天太黑，又隔著窗戶，兩人沒看清對方的容貌。

赫諷與林深彼此對望。

剛才有人偷聽？

廢話。

有看到是誰嗎？

廢話。

……

從林深不耐煩的眼神裡，赫颯得到了兩個等於沒有回答的答案，知道這位大爺現在心情很不好，他也不想主動觸黴頭，便道：「那我就先回去了，剛才說的事……」

「你不用管，這件事我來負責。」

「好吧，好吧，那我先去廚房洗碗。」

「只准洗你自己的，他們的讓他們自己去洗。」

赫颯沒有多說什麼，只是點了下頭就回屋了。不過他可以想像，等一下林深毫不留情地宣布這件事時，那幫天真的大學生臉色肯定不會好看到哪去。為了躲避尷尬的氣氛，他決定還是早點找個理由回自己房間。

說做就做，回到屋內後，赫颯敷衍著熱情地與他打招呼的大學生們，離開廚房後就藉口要洗澡跑了。

不過由於好奇作祟，他還是不能完全靜下心，忍不住把耳朵貼到門上，想聽聽外面的動靜。

當他第二十一次這麼做的時候，門上突然傳來敲門聲，赫颯的耳朵正貼在門上，這一敲差點把他敲聾。他連忙後退幾步，表情痛苦地揉了揉耳朵，這才打開門。

門外，站著一個學生。大學生一共十幾人，赫颯不是每個都有印象，但是對於眼前的這一位，他的記憶比較深刻一點。

不同於徐一飛的活潑搶眼，不同於楊銳的認真負責，這個人讓他有印象，是因為他的孤僻和不合群。這一點和林深很像，赫颯就不知不覺地對這個學生多了幾分關注。

「周、周……」

「周奕君。」來人自報身分。

赫颯疑惑道：「你找我有事？」

「有一些東西要給你。」站在門口的冷面學生說著，從包包裡掏出了一疊錢。

赫颯一愣，接著看見周奕君在他面前一點一點數錢的動作，他整個人都僵化了。

「這裡一共有六百七十二塊，夜宿的錢我是按照旅館的平均費用來算的，還有今天的晚餐和明天的早餐，應該不會少。」

周奕君數出幾張鈔票和零錢遞給赫諷，見他呆愣著不伸手接，似乎想到了什麼，又補充道：「你不要誤會，這是因為我不想欠你們，沒有別的意思。」

赫諷實在是呆住了，他沒想到林深剛剛和他抱怨完這群學生的「天真無邪」，眼前就馬上有一個學生要付食宿費，這是該收還是不該收呢？

周奕君久等不到他的回應，有些不耐煩了，將錢一把塞到赫諷手裡。

「這樣就兩不相欠。」說完，他轉身離開。

「等等！」

赫諷在身後喊住他，眼神中帶著些打量和揣測。

「你……為什麼要給我錢？」

周奕君停下來：「這還要問？難道你想讓我白吃白住？」他看著赫諷的眼神，讓赫諷覺得自己好像是個白痴。

不等他再問其他問題，周奕君已經轉身離開，臨走還道：「其他人的錢可不要算在我身上，我不負責啊。」

因為這件事的打岔，讓赫諷整晚都困惑著「究竟是現在的年輕人太多變太複雜還是自己太跟不上時代」這個永遠得不到答案的問題。一直等到睡前林深來敲他的房門，他才知道林深已經把事情辦好了。

「你說了？」赫諷問，「他們的反應是？」

「我為什麼要管他們的反應？」林深反問。

好吧，眼前又是一個極度自我為中心的傢伙，赫諷想了想，把之前周奕君來找自己的事情和他說了。

「你有沒有覺得那個偷聽我們說話的黑影，很可能就是周奕君？」

林深回：「有一定的可能性，但是我傾向不是他。」

「為什麼？」

「你什麼時候見過做賊的人會主動找上門？」

「這……也不是做賊吧，只是不小心偷聽到我們的對話，說不定是內心有愧所以才來找我付錢。」

林深翻了個白眼，赫諷見狀，連忙舉手投降：「好好好，你不用發表意見，我明白了你的意思了！那你說，如果不是周奕君，還有可能是誰？」

「誰都有可能。」林深說，「就算排除周奕君，也還有十三個嫌犯。」

「嫌犯，有這麼嚴重嗎？」

「我的第六感告訴我，那個偷聽我們說話的人很可能不是那麼簡單。」

赫颯的臉色嚴肅起來，「什麼意思？」

林深的褐色瞳孔在燈光映照下，反射著明滅不定的微光，像是黑暗中將滅的燭火，影影綽綽。

他輕聲道：「意思是，今晚，很可能會是個不眠之夜。」

赫颯不自覺地被他的語氣和表情蠱惑，安靜了下來，兩人都沒有再說話。屋外，大雨不停擊打著窗戶，雨中隱隱傳來野獸長嘯，以及一些不明的低鳴，霎時間，氣氛變得有幾分詭祕。

「啪啦——！」

正在此時，屋外傳來東西打碎的聲音，還有一陣急匆匆的腳步聲，最後是一聲巨響。

赫颯和林深連忙出去查看，推開房門，一陣帶著溼意的涼風便迎面撲來。只見木屋的大門洞開，屋外的風雨席捲而入。

「吱呀，吱呀，哧——」

老舊的木門被狂風暴雨吹打著，發出不堪重負的聲音，在風中一晃一晃，似乎隨時都要四分五裂。

而地上，一串髒兮兮的泥腳印，從屋外一直延伸到赫颯的房門口。

轟隆！

一道閃電劈下，將屋外照得慘白，地上那串腳印也變得格外顯眼。溼答答又沾滿泥土的腳印，像是戳進指尖的肉刺般刺進眼裡。

「啊啊啊啊啊啊啊啊啊啊啊啊啊！」

幾乎同時，一聲悲鳴從屋外傳來，猶如厲鬼哭嚎，瞬間驚醒了所有人。

第三十八章　第六根手指（四）

一聲哀鳴，如同驚雷乍響，無論是睡著還是沒睡著的人，都被這聲音吵醒了。

而赫颯與林深兩人在第一時間就奔進雨中，朝聲音發出的地方尋去。赫颯還沒走幾步，就被林深拉住。

「不要亂跑。」

林深拽住他，「這裡有陷阱，跟著我走。」

「不是吧，上次設的陷阱還沒拆掉？那剛才的慘叫聲……」不會就是有人踩到了陷阱吧？如果真是如此，那踩中陷阱的人此時的情況簡直是不敢想像。

難怪剛才那聲尖叫那麼淒厲。

「這邊！」

隨著地上的腳印，二人拐出庭院，在左邊的樹林中發現了可疑的人影。

那是一個伏倒在地上動彈不得的黑影，四肢無力癱軟，頭微微側向一邊，隱隱聽見低鳴的呼痛聲。

赫颯走近一看，地上趴著的人看不到面容，但從那被雨水打溼的長髮，可以看出是個女孩。

「是女學生？」

赫颯伏低身體，就想去抱起女孩。

「不要亂動！」

林深呵斥住他。

「忘記我剛才跟你說的話了？你現在隨便動她只會加重傷勢。」

林深蹲下，小心翼翼地在草叢裡尋找著什麼，不久便摸索到了一根細線，他拿出隨身攜帶的小刀將細線削斷，才道：「現在可以把她抱起來了，注意不要碰到傷口。」

「傷口？」

赫颯仔細一看，不由得大驚失色，只見女生腹部的衣服已經紅成一片，全被鮮血浸透，看起來傷勢不輕。

「沒有被刺穿腹部，已經比預想的好很多了。」林深在一旁道，「先將她帶回屋急救。」

「嗯。」

赫颯再次彎下腰，要將女孩抱起來的時候，後方傳來了一連串的腳步聲。

「怎麼了，發生什麼事了?!」

有人追在他們身後跑了出來，還不只是一兩個。跑在最前面的男生看清情況後，失聲道：「小韻怎麼了！你們對她做了什麼？」

林深聞言，有些不快地挑眉。

「我對她唯一做錯的事，就是晚上沒有把她鎖在屋裡。」

他這句話引起了大學生們更大的不滿和誤解，其中幾人臉上露出不忿，眼看就要從口舌爭執上升到暴力衝突。

赫諷連忙跳出來緩和氣氛。

「不要誤會！林深的意思是，是我們監督不周沒有看管好你們。晚上的森林裡很危險，而且這裡還有許多陷阱，要是不經過我們的允許擅自跑出來，很可能就會像她這樣受傷。」

他輕輕抱起地上的女孩，小心不觸碰到她的傷勢。

「我們追出來的時候，她已經昏倒在地上了，現在誰可以幫我一把，我們要回去做些緊急處理。」

聽到這番話，那幾個學生露出幾分尷尬。他們也是未經允許擅自就跑出來的人，此時心裡不免有些忐忑，連忙讓路給赫諷。

「可這棟屋子外為什麼要設這麼多陷阱啊？」其中一個男生還是不甘心地質問著，「沒有那種必要吧。」

林深望了他一眼。

「這世界遠比你想像的要危險許多，不過我想你也許無法明白這點。」

那男生被林深的毒舌嗆得不敢再反駁，只能暗暗咒罵。

將女孩小韻抱回木屋後，引起了在那裡等待的其他大學生的一陣騷動，女生們都立刻衝上前。

「韻韻怎麼了？她怎麼受傷了？」

「好多血！她不會有事吧！」

女孩子的聲音尖銳又刺耳，赫諷太陽穴一跳一跳地痛了起來。

「借過、散開一點，留些空間讓她呼吸。那邊那個誰，去把沙發清空。誰幫我去拿一下醫藥箱？」

「我，我去整理。」

學生們一片手忙腳亂。

「醫藥箱在哪？我找不到！」

麻煩中只覺得這群學生只會礙事，赫颯正頭痛著，眼前卻出現一把遞過來的剪刀。他抬頭，林深一手拿著醫藥箱，一手拿著醫用剪刀。

「先把腹部的衣服剪開，不要被血粘住。」他道。

赫颯立刻接下，小心地剪起女孩被染紅的衣服。

「哎呀，這裡這麼多男生，剪衣服不好吧。」有個女生低聲道。

「不然妳來？」赫颯作勢要把剪刀遞給她。

對方嚇得躲遠了，囁嚅道：「我只是說一下，而且小韻也一定不希望自己被看光。」

「那就給我拿條床單來，再找些東西把床單圍一圈！」

赫颯也開始對這些嘰嘰歪歪的大學生不耐煩了，口氣不再那麼溫和。女生們互看了幾眼，乖乖照做了。

而這個時候，本該在第一時間出現的班長這才匆匆趕來，要不是李東去喊醒他，他現在還在床上呼呼大睡。

「發生什麼事了？」

楊銳一出現，這群學生就像看到了燈塔和依靠，全都圍了上去。

「班長！柳韻韻受傷了。」

「對啊，說是什麼踩到了樹林裡的陷阱。」

「可是韻韻怎麼會一個人跑出去……」

聽著同學你一言我一語，楊銳的雙眉漸漸向中間蹙攏，和他做出相同表情的還有林深和赫颯。

這些學生對楊銳說這種話，不就是在懷疑他和林深嗎？

赫颯一邊替受傷的女孩做緊急處理，一邊心裡的怒火也開始升起來。

這麼累死累活地照顧這群大學生，可是他們不僅把赫颯和林深提供的幫助看作理所當然，還似乎認為世上所有的人都該像爸媽那樣對他們好，一旦出了事，不僅幫不上忙，還要反過來質疑懷疑。

真是的，就算是菩薩也會被這群極度自我中心的大學生惹怒。

還好在他們之中還是有幾個理智的人，最少楊銳就是這樣。在副班長李東忙著勸解同學的時候，他走到赫颯兩人面前，略帶歉意道：「抱歉，又給你們添麻煩了。剛才他們說的話，請不要放在心上。」

「沒什麼。」赫颯乾巴巴地說，「反正我們是守林人，幫助你們是義務嘛。」

楊銳尷尬道：「我會跟他們說清楚的，而且……」他說著，停頓了一下，「這件事有太多疑點了，其實我們也很慌亂。柳韻韻平時很文靜，不像是會在半夜亂跑的人。所以大家才有點疑心，抱歉，絕對不是懷疑你們的意思。」

赫颯和林深對望一眼，同時想起了在屋裡時聽到的聲音，還有剛出門時看到的那串泥腳印。現在再次看去，地上已經是密密麻麻的一片髒水和爛泥，完全看不出哪個是誰的腳印。林深的，赫颯的，剛剛跑出去的那幾個大學生的，全都混雜在一起。

像這樣，唯一的線索就此中斷。

現在擺在他們面前的，只有一個不知為何半夜跑出木屋受傷暈倒的女孩。而之前的怪聲，奇怪的腳印，全都掩藏到迷霧中，讓人摸不著頭腦。

「床單來了，床單來了！」女生們捧著一條大床單跑了出來，手裡還拿著一些膠帶和繩子。

「我們可以把床單固定在附近的櫃子和牆上，圍成一個圈吧？」

赫颯沒有反對，任由她們在客廳爬上爬下，沒過多久，一個獨立的小空間便出現了。赫颯和女孩被圍在裡面，其他人站在床單的範圍外，有人探頭進來問：

「需要幫忙嗎？」

此時赫諷已經剪開衣服，可以清楚地看到女孩的傷勢。幸好傷口不深，沒有劃破肚子，但是皮開肉綻的看上去也很恐怖。

赫諷頭也不回道：「幫我把醫藥箱的酒精拿出來。」

「哦！」

首先要做的是清洗傷口，避免感染，赫諷想著，準備將女孩無力地搭在兩側的手抬起來，方便他消毒。

可是剛剛握住女孩的手腕，就感覺到了某種奇怪的觸感，他愣了一下，再次抬起女孩的左腕，仔仔細細地打量著。那裡有著凹凸不平的傷痕，有的顯然剛癒合沒多久，還沒脫痂。這些傷痕密密麻麻，從手腕一直延伸到了前臂！

赫諷再掀起她的衣袖查看，甚至連上臂也有。這女孩一直穿著長袖，遮得太好，赫諷都差點沒注意到這些傷痕。

「不會吧。」他驚愕地喃喃自語，「這明顯是……」

「明顯是什麼？」

身後突然冒出一個聲音，赫諷嚇一跳，回頭才發現是林深。

「你走路能不能發出點聲音，不要嚇人！」

「是你太專注了。」林深道，「剛才在自言自語什麼？」

「對了，你看這個！」他連忙對林深道，「這明顯不是別人劃出來的傷痕吧，這是不是——」

「自殘的痕跡。」

林深只掃了幾眼便下了定論：「還不止一次，看傷痕和癒合情況，她直到最近都還在自殘。右手是慣用手，所以傷口集中在左腕。不過右手手指上也有一些刀痕，應該是劃傷口的時候不小心割到的。」

猶如專業調查員一樣做完評論，林深最後問道：「所以，你覺得這女孩會是什麼人？」

赫諷張了張口，吐出幾個字。

「……是自殺者。」

「嗯，沒成功的那種。」

第三十九章　第六根手指（五）

柳韻韻昏迷不醒，傷勢未明。

身邊的人出了這樣的事情，學生們都有些驚惶不安，連續造訪的意外已經超出了他們的承受能力。

無論是之前在山中迷路的驚嚇，還是現在牽扯到一個人生死的危情，都是他們從沒經歷過的重擔。

可以說，這群大學生在生理和智力上都達到成年人的程度，在心理上卻還是小孩，無論是家人還是他們自己，都從來沒有真正將他們當成是成年人。

孩子的特性之一，就是不會承擔責任，發生問題的時候也往往想不到解決辦法。就連原本理智可靠的班長楊銳，此時也像隻無頭亂轉的蒼蠅，一副手足無措的樣子。

而這個時候，唯一還能理性地運用大腦思考的，竟然是他們意想不到的對象。

「你們擠在這裡有什麼用？」

角落裡，一個人冷冷發出嘲諷。

有人轉過頭，看清說話的人是誰後立刻不滿道：「周奕君，你有什麼資格這麼說！你不是一直想看我們笑話嗎？現在看到了，滿意了？」

被眾人怒視的周奕君不在意地聳了聳肩。

「你這話有兩個錯誤。其一，不是我想看笑話，而是笨蛋總是喜歡製造笑話。」

「你！」那人火氣上湧，捲起袖子就要衝過去。

「冷靜，冷靜！」李東連忙拉住他，「現在不是吵架的時候，不要理他就好了。」

「其二，」周奕君冷冷地看著他們，「如果真的有想看笑話的人，那也絕對不是我。」

楊銳皺眉，「你是什麼意思？」

周奕君笑道：「什麼意思，某些人心裡清楚。」

他看了看圍起來的床單，赫颯和林深還在裡面忙碌著，不知道有沒有聽見這邊的動靜。眼中閃過一絲猶豫，最後周奕君還是沒做些什麼，轉身回自己睡的地方了。

這座木屋裡的空房間本就不多，女生們被安排到林深的房間，因為那裡最乾淨，男生們則是擠在倉庫。

至於周奕君，不知道是別人嫌棄他還是他嫌棄別人，這傢伙自己一個人跑到小閣樓去睡了。那裡本來只是通風的地方，空間不大，還又陰暗又偏僻，真虧他能睡得著。

「那種人不要理他就好了。」李東對還在生氣的人勸道，「你越生氣，他就越喜歡看熱鬧，有些人就是這麼扭曲。」

「周奕君，呸，那傢伙我看到就噁心！整天跩得二五八萬的，還真以為自己有多了不起。」有男生啐了一口，忿忿地說。

「我、我覺得他還好啦，只是不太喜歡和大家說話而已。」一個女生弱弱地道。

「那是妳沒有看清他的本質！這傢伙打從心底瞧不起我們，好像我們做的事情都是笑話，他就在旁邊冷眼旁觀。」

「那……你對他有意見，為什麼不當面對他說。」

那個男生一下子就洩氣了。

「那、那種人要是說說就會改的話，我們還用這麼苦惱嗎？」

「就是啊，他根本就不是能溝通的類型！」

「一看就惹不起！」

有女生涼涼說道：「哦，原來你不是不想惹，而是不敢惹他啊。」

「妳……總之，像他這種不合群的人，就不應該讓他參加集體活動。班長，你當初怎麼會想找他一起來？」

見矛頭轉向了自己，楊銳只能無奈道：「他畢竟也是班上的一分子，我總是要象徵性地問問看，我也沒想到他會答應。」

「好了好了，都是過去的事情了。」李東連忙出來打圓場，「楊銳也沒想到這次出來周奕君會這麼不合群，大家就不要抱怨了。」

楊銳挑了挑眉，看著擋在他身前的李東，沒有說話。

「可是，現在怎麼辦？雨根本沒有變小的趨勢，而且韻韻的傷勢……」

正說著，只見床單被人拉開一條縫隙，赫諷從裡面走了出來，手上是一團紅紅白白的消毒棉片和紗布。

一抬頭，他見到十數雙眼睛緊盯著自己，便安慰道：「傷口已經做了初步處理，還好傷得不深，應該不會繼續惡化，不過今晚她很有可能會發燒，需要有人顧著。」

一群大學生聽他說得頭頭是道，有理有據的，不由疑惑起來。

「赫先生，你似乎對傷勢很瞭解？」楊銳忍不住問道，「難道是經常處理這種意外嗎？」

赫颯幾乎都要被他氣笑了。

「我負責急救，我能不了解嗎？再說，你們竟然敢把自己的同學交給一個你們認為根本就沒有急救常識的人處理，我才懷疑你們究竟有沒有常識。」

被他這麼一說，連楊銳的臉都紅了，不過還有一絲後怕。

「那，赫先生你……」

「不用擔心。」赫颯猜到他要說什麼，揮了揮手，「如果沒有急救員證照，我也不敢擅自對受傷的人做緊急處理。對了，證照你要看嗎，去年剛剛回訓完的。」

「不、不用了。」楊銳面紅耳赤地說，「我們相信您的能力。」

「哈，不需要用『您』啦，我也沒比你們大多少。對了，還是來說說剛才的問題吧，今天晚上你們誰負責來照顧她？輪流也可以，不過我可幫不上忙，實在是太睏了。」

「我來吧！」

「對，對，還有我。」

看這群同學積極的樣子，赫颯忍不住潑冷水。

「這可沒有你們想像中那麼輕鬆，整晚不能恍神，要隨時注意她的情況，必要的時候還要幫她擦身上出的汗。所以這工作還是女生來做比較好。我再問一遍，誰願意？」

男生們即使想做也被強制剔除了，而女生一聽到這麼辛苦，心中都有些猶豫。最後只有一個女生舉手道：「我來吧，我還不想睡。」

「就一個？」問了幾遍，還是沒有人回應。

「我、我實在是太累了，怕忍不住打瞌睡。」

「我也是，我有低血壓要早點睡，不然身體會受不了。」

赫颯挖了挖耳朵，把那些女生的解釋全部左耳進右耳出，根本不想去記：「那好吧，全都去睡吧。」

所有人還沒來得及鬆一口氣，就聽見他又道：「反正明天早上起來，要是她惡化了感染了，也不關妳們的事。要是再嚴重點，不幸在送醫的路上撐不住，那什麼什麼了，也和妳們一點關係都沒有。從頭到尾，都只是她運氣太差了而已。睡吧，睡吧，全都去睡，早睡早起身體好。」

幾個女生面面相覷，臉色十分難看。

「不然我留下來吧。」李東自告奮勇道，「我還不累，可以撐一晚。」

「不累？」赫颯打量著他，與周圍多多少少面露倦色的學生比起來，他確實是最有精神的那個，「確實是。」

「那……」

「但是我怎麼沒看出來你是女的？」赫颯挑眉，「是我眼花了，還是有人剛才根本沒聽見我的話。」

「我再說一遍，照顧傷者這種事十分消耗心力。我不指望誰能一整晚顧著她，但是最起碼要有兩個人輪班，也必須是女生，這樣才方便照顧。」赫颯問，「還有人聽不懂中文嗎？」

李東立刻僵住，隨即，臉色也變得有些發白。

最後，還是楊銳道：「盧夢，妳和趙妍一起留下來吧。」趙妍就是之前那個主動提出要照顧傷者的女孩。

「我？」

「就是妳，妳們是同寢的吧？」楊銳不容她分說，拍了拍手對其他人道，「好了，其他人都回去休息吧，明天還要下山，不要都擠在這裡。」

除了被強制留下來的女生，其他人都有些慶幸，甚至是迫不及待地回去了，一整晚的奔波早就讓他們累壞了。

這時林深也走了出來，楊銳對著他和赫諷深深地一鞠躬。

「十分抱歉，老是麻煩你們。之後等事情調查清楚後，我一定會讓大家回報……」

「不用什麼回報，只要別再有麻煩就行了。」林深打斷他。

楊銳似乎是習慣他的冷漠了，也不覺得尷尬，對赫諷點一點頭，便也離開。

「妳們兩個，來，來。」赫諷對兩個女孩招一招手，「我簡單告訴你們一些看護的注意事項，一會要仔細，知道嗎？」

他見後來的女孩臉上還有些不情願，嚴肅道：「現在交到妳手上的是一條人命，而不是阿貓阿狗，我希望身為一個成年人，妳最起碼能認真對待。」

女孩先是愣了愣，似乎是有些羞愧，慎重地點了點頭。

「那好，聽我說……」

指點完兩個女孩，已經是後半夜了，離學生們回房睡覺差不多過了半小時左右。在這期間，除了在一旁等他的林深時不時弄出一些聲響外，整棟屋子裡都只有赫颯一個人說話的聲音，安靜得可怕。

等到把自己想到的注意事項全部講解完的時候，赫颯覺得喉嚨都乾得快冒煙了，他喝了一杯水。

「妳們只要顧到兩點就可以了。現在是十二點，一人一小時，之後我會來接手，妳們就可以回去睡了。」

「啊，可是你剛剛說……」

赫颯無奈地笑：「剛剛是為了讓妳們重視才故意誇大的，怎麼能真的讓兩個年輕女生熬夜？好了，好好加油，一會我來換班。」

他起身，伸了個懶腰放鬆一下，回頭看林深，見他的表情有些奇怪。

「你在看什麼？」

噓——

林深做了一個安靜的手勢，站了起來，無聲接近連接著客廳和房間的走道。

「輕點，跟我過來。」

赫颯壓下好奇心跟上，只見林深放輕步伐，一直走到直通閣樓的小樓梯才停下來。林深蹲下，手在地板上輕輕拂過，然後將手指放到眼前細看。

有些溼潤，還帶著泥土的腥氣，他看著指尖那一抹淡淡的土黃色，細細搓了搓。

像是看見什麼有趣的事，林深緩緩勾起嘴角。

「原來是這樣……」

赫颯莫名其妙：「哪樣？」

林深對他招了招手，在他耳邊低聲說了些什麼。

兩個女孩在客廳裡，好奇地張望著站在走道那頭的林深與赫颯，只見兩人的影子在燈光的照射下彼此交會。

影子輕輕晃動，似乎在傾訴著什麼不能為外人知的祕密。

一個不能說的祕密。

第四十章　第六根手指（六）

一，二，三，四，五。

按著數一數，左手右手，都只有五根手指，左腳右腳，也都只有五根腳趾。有沒有人想過這個問題，為什麼人類都正好一手只有五根手指？為什麼不是更多，或者是更少？

不，或許不是沒有，世上也許曾經存在過擁有不同手指數的人類，卻只有五根手指的人一直延續到後世。那些手指不同的少數人，最終都被淘汰。物競天擇，適者生存。

以至於到了今天，六指已經成為了一種少見的、畸形的存在。

第六根手指，你有嗎？

楊銳一睜開眼，太陽穴就傳來陣陣疼痛，更讓他頭痛的是身邊某個傢伙把臭腳幾乎都要伸到他嘴裡了。他一把推開，結果那傢伙翻了個身咕噥幾句，轉過身抱著身旁的同學繼續呼呼大睡。

睡了七八個男生的倉庫裡，幾個人擠在一起，睡得跟躺在沙丁魚罐頭裡一樣。楊銳有些受不了屋裡悶熱的空氣，而且醒了也不想再躺下去，便整理好身上的衣服，推門而出。

他一出門，就看到斜對角的門也正好打開。滿臉倦意的赫颯揉著眼睛打著哈欠，從洗手間走了出來。楊銳正準備跟他打招呼，就見在他身後又緊接著走出另一個人。

林深跟在赫颯身後正要出房門，卻突然被擋了下來。

「等等！」赫颯厲聲地喊住他，「你的衣服沒塞好，這裡還有其他女生，注意一下你的形象！」

林深一向不在意這些細節，他看了看自己皺巴巴的T恤，不耐煩道：「看見了你幫我拉一下不就行了？」

赫颯黑線：「你以為我是你老媽還是你老婆？我沒有義務幫你整理服裝儀容。」

林深想了想道：「如果你是，你就會幫我整理？」

「想得美，我只會一腳把你踹飛！」

赫颯不中他的計，用鼻子哼了幾聲，轉身看到呆若木雞站在他們面前的楊銳。

他伸出手，在楊銳面前揮了揮：「怎麼了，回神啊，喂，同學！」

楊銳毫無反應，整個人僵在那裡。

「他這是怎麼了？」

「看呆了吧。」

「看呆什麼？」

林深若有所思道：「一些超出他理解範圍的事情，所以大腦當機了。不過很可惜，他理解的只是真相的一部分，卻沒有看清事情是與時俱進地發展的。」

赫颯覺得頭都大了，「……你究竟在鬼扯些什麼？」

林深意味深長地瞥了赫颯一眼，接著便不打算再放任楊銳神遊。

「你醒了正好，等等我們會出去聯絡山下的救護人員和警方。這裡就交給你顧著，辦得到嗎？」

「嗯，我……可以。」楊銳下意識地點頭答應，不過又立刻問道，「我需要做些什麼？」

「你要做的事情就是確保每個人都不要外出，保證他們的安全就好了。我想這點你應該做得到。」

「完全沒問題！」楊銳承諾，「那你們幾點會回來？這樣我們才能提前打包。

對了，柳韻韻的情況怎麼樣了？」

赫颯道：「最快也要中午才能回來。柳韻韻的傷勢還在恢復中，應該不會有太大的問題。如果她醒了，也不要隨便讓她吃東西，明白嗎？不過在她醒來之前，你們最好不要去打擾，她現在最需要的就是休息。」

「好的，我明白了。」楊銳鄭重地點頭，「在你們回來之前，我會顧好一切的。」

赫颯看他一臉嚴肅、肩負重任的模樣，忍不住拍了拍他的肩膀。

「楊銳啊，有些時候不要總是一個人扛著所有事情，找個人幫你分擔分擔也好。」

見赫颯突然這麼說，楊銳雖然心裡疑惑，但還是點了點頭。直到他看著赫颯和林深兩人推開大門走出去後，還有些發愣地站在原地。

「班長，一大早的發什麼呆呢？」

身後，徐一飛一邊捂著嘴打哈欠，一邊從房裡走了出來。

楊銳看著他，突然問：「一飛，你說如果一大早，看見兩個男人衣衫不整地從一間洗手間裡走出來，是什麼情況？」

「這種事很常見吧？」徐一飛睡眼惺忪，搭上楊銳的肩膀，「排隊放尿唄，不然還能有什麼？」

「對，確實如此。」楊銳如釋重負，「是我想太多了，謝謝你一飛。」

他說完，一邊推開洗手間的門，一邊想著剛才自己為什麼會有一瞬間想到另一個方面去了。究竟是自己的問題，還是那兩個人的原因？

徐一飛在後面摸著後腦，嘀咕道：「什麼想太多了？兩個大男人的……靠！班長，你不會以為他們在搞基吧？」

洗手間撲通一聲，似乎有重物墜地。再看向窗外，陽光明媚，林鳥啁啾，明明是夏日，為什麼卻有種春意盎然的感覺？

當大學生陸陸續續睡醒後，才從楊銳口中知道木屋的兩個主人都下山去了的事情。

「這不就是說，現在這裡只有我們了？他們這麼放心啊？」有人驚訝。

「呿，難道你還想偷雞摸狗？」有人鄙夷。

「偷雞摸狗倒是不至於，可是這不是一個大好機會嗎？我們可以把這棟木屋逛一逛，再去附近看一看，昨晚簡直悶死我了！」有人雀躍。

「不行！」楊銳堅定地否決，「到他們兩位回來為止，我們都只能待在屋內，其他地方全都不准去。」

「哪有這樣的！」

「這不是變相監禁嗎？」

同學們有些不滿，楊銳皺眉。

「想出去，也可以。」他雙手盤胸，好整以暇道，「不過要是再有第二個人出意外，這次可就沒有專業人士幫你們現場急救了，想好自己的下場了嗎？」

他這麼一說，所有人都不禁抖了抖，沒人敢再提出反對意見。

「不過，說到這件事我還是想不通，昨晚下那麼大的雨，柳韻韻為什麼要半夜跑出去？」徐一飛困惑地問，「妳們女生就沒有察覺到什麼嗎？」

「沒有，我還以為她是去上廁所。」

「我睡得很熟，什麼都沒有注意到。」

幾個女生都搖搖頭，只有盧夢顯得有些遲疑。

楊銳看出她的異樣，便問：「妳有什麼線索嗎，盧夢？」

「不，這事我不知道該不該說……」盧夢猶豫道。

「這種時候了，還有什麼不能說的。如果柳韻韻是被人帶出去的，那就是蓄意謀殺啊！妳快點說清楚！」

盧夢抬起頭，瞥了一眼被床單隔開的那個空間。白天光線明亮，能看到裡面的沙發上躺著的人影。

「韻韻她……有時候會自殘。」

「自、自什麼？」

「就是自殘啊！」盧夢道，「其實一開學的時候我們寢室的人就發現了，她半夜有時候會偷偷躲在被窩裡哭，手臂上也經常有刀割的痕跡，我們就懷疑她是不是想過要自殺。後來才知道，她這麼做是因為一些家裡的事情，大家就一直不太願意接近她。」

「為什麼？」楊銳問。

「啊？」

「為什麼不願意接近她？」

「因為……那個，自殺的人不是都有點不正常嗎？」盧夢低聲道，「而且她那個樣子很可怕，我們都不敢和她說話，這次我也沒想到她會一起來爬山！早知道會發生這種事，我一定不會來的！所以我才說，柳韻韻根本就是自己不正常，她跑出去根本就是想……」

「閉嘴！」突然有人大吼一聲，「妳知道什麼！妳懂什麼！妳什麼都不知道就把責任全推在韻韻身上，難道妳們就一點錯都沒有嗎？妳知不知道妳們平時冷淡她疏遠她，只會讓她更難過！別說妳不知道！盧夢，我告訴妳，韻韻要是真的出事了，我一定不會放過妳！」

「趙妍？」楊銳看著情緒失控的女生，正是昨晚那個主動留下來照顧柳韻韻的女孩。

「趙妍！」李東也上前勸她，「盧夢只是一時口誤，她沒有別的意思。」

趙妍雙眼通紅：「要不是她們平時故意在背後說韻韻壞話，韻韻也不會變得越來越沉默。這一次本來不會出事的，她答應過我，這次登山後就好好過日子，不再想不開心的事情了，可是……」

說著說著，她的眼淚落下，忍不住小聲抽泣起來：「都是這些人，她們排擠她，議論她，讓韻韻一直背著包袱，不能過回正常的生活！都是她們——！」

「關我什麼事！她要自殺是我管得到的嗎？」盧夢也有些不開心了，「再說了，又不是我逼她去自殺的，誰知道她是半夜腦袋哪根筋不對勁才自己跑出去。哼，要我說，自殺的人都是腦子有病，只知道用死來解決問題的膽小鬼。」

「盧夢！妳說夠了沒有！」李東突然大聲吼她，「現在這種情況，妳還有心思挖苦人家嗎？請妳注意一點！柳韻韻她無論怎樣，一定都是有自己的原因！妳不是當事人，沒有資格隨便議論別人的決定！」

向來溫文老實的副班長還是第一次發這麼大的火，別說是盧夢了，就連旁邊的男生都有些嚇到了。

「大、大東……你沒事吧？幹嘛這麼生氣？」

「對啊對啊，盧夢也只是說氣話而已。」

「我、我……」盧夢先是驚後是怒，被人當面怒吼的尷尬讓她整個人都氣得發抖，「我怎麼說關你什麼事！平常就你最煩了，李東，還好意思吼我，也不看看自己是什麼人。」

李東沒有說話，只是臉色越來越沉，嘴唇緊抿。

「都給我閉嘴。」

在盧夢還要繼續下去的時候，楊銳終於忍不住出聲了：「李東，你不該隨便發脾氣的，冷靜一點。還有盧萝，妳也是個成年人了，說話之前好好想想。」

「想、想什麼？」盧萝被他一看，原來的囂張氣焰立刻就凍結了。

「禍從口出，這句話妳不會不懂吧。」

楊銳不再多說，懶得再多看她一眼。

「現在離中午還有幾個小時，在這段時間內我不希望任何人鬧出任何事，可以嗎？」

「為了你們自己，也為了大家考慮，現在什麼都別想，有話也給我埋在肚子裡，不准回房間，睏了就在這裡瞇一下。全部人都要聽我的指揮，否則期末就別指望我幫你們和導師要題庫……」

這句話一出口，猶如晴天霹靂，十二個人沒有人再敢隨便出聲。再大的事也比不過期末考題庫啊，那可關係到學分！識時務者為俊傑。

唉，不對，怎麼只有十二個人？連楊銳在內，應該要有十四個人才對。

有人仔細數了一圈，發現真的只有十三人，確確實實有一人不在，於是，高舉起右手。

楊銳看向他：「徐一飛同學，你有什麼問題嗎？」

「班長大人！」徐一飛道，「我有一個很嚴重的問題，不，我發現了一個很嚴重的問題。」

「說。」

「那個，周奕君他，好像還沒下來啊。」

此時已經是早上九點多，再貪睡的人也該醒了吧，何況周奕君向來都起得很早。而此時十三人齊聚一堂，卻唯獨他不見蹤影。

「周奕君。」楊銳念著這個名字，看向通往閣樓的小樓梯。

那裡沒有窗戶，光線照射不到，因此顯得格外黑暗。與客廳的陽光明媚相比，彷彿是兩個世界。

周奕君，他是還沒醒，還是……有什麼其他情況？

第四十一章　第六根手指（七）

窸窸窣窣，窸窸窣窣。

竊竊私語聲在耳邊縈繞不散，那些目光也像黏稠的液體一樣粘在身上，讓他覺得噁心。

被人當作異類，被人關注，並不是一件開心的事。如同一片紛飛的蝴蝶中混進了一隻毛毛蟲，被蝴蝶們用高傲的翅膀扇著，而它只能卑微地在地上蠕動，蠕動。

小小的毛毛蟲畏縮顫抖著，卻怎樣，都無法掩飾自己的醜陋。

吱呀，地上的木板發出不堪重負的聲響，讓人踏出去的腳步不由得猶疑起來。

走在前面的人轉過頭，道：「我說，周奕君真的睡在這閣樓上面嗎？」

「不然呢，難道他還會睡在地窖裡？前提是這裡要有地窖吧。」後面的人不耐煩地催著他，「我說徐一飛，你他媽能不能走快點！」

「等等啦，我這不是擔心樓梯撐不住嗎？你看它一直在響，剛才還晃了一下。」徐一飛為自己辯解道。

在一群人發現周奕君的缺席後，大家彼此確認了一下，整個早上都沒有人看到周奕君，通向閣樓的小門也一直緊閉著，就是說這傢伙可能一直睡到現在？

這麼能睡，不會是出了什麼事吧？所以有人提議，讓首先發現周奕君缺席的徐一飛去閣樓上看看。是以，現在才會出現十幾個人圍在樓梯下，十幾雙眼睛緊緊盯著爬樓梯的徐一飛的這一幕。

被這麼多雙火熱的眼睛盯著，徐一飛不淡定了。

「不要這麼熱情地看著我好不，我承受不起啊！」

「徐一飛，你行不行啊，下來吧！」

「不就是上個閣樓嗎，你也太戰戰兢兢了。」

徐一飛正色道：「就是因為上閣樓才緊張啊，你們沒看過小說電視嗎，知道鬼故事裡出現最多的場景是哪嗎？就是閣樓！陰森森的誰知道裡面有著什麼鬼怪，而且這裡又是深山野林來著。」

「啊啊啊！徐一飛你這個混蛋，不准再說了。」有女生捂著耳朵，害怕起來。

見狀，徐一飛得逞地笑笑。

「還是我來吧。」李東似乎看不下去這幫人繼續胡鬧，「感覺快點去看看周奕君是怎麼回事比較好，我們在下面吵了這麼久他也沒動靜，會不會是出了什麼事？」

「不用。」身旁有人拉住了他。李東一回頭，看到一雙緊盯著自己的眸子。

「還是我去吧。」楊銳淡淡道。

李東愣了一下，「也好，那就你先去，我們跟在後面，小心點。」

「嗯。」

徐一飛側過身讓楊銳和他站到一排。這樓梯直通閣樓，在最頂端則有一個和天花板平行的木門，要將這木門推開，才能進入閣樓。

楊銳看了一眼，這道推門關得死緊，連一絲縫隙都不留。只有中間有一個小圓孔，原本是透氣用的，現在不知道是被什麼東西給堵上了。他伸出手，裝作不在意地摳出那個堵住氣孔的小玩意——一小根斷竹。

楊銳將它拿在手心裡把玩著，不一會，將它緊緊握在左手，右手推開木門。

「一飛，退一下，我開門了。」

「哦，哦哦。」徐一飛聞言連忙後退，退得太快不小心踩到了身後人的腳。

「啊，抱歉，大東，我沒看到你……大東？」徐一飛在他面前揮了揮手，困惑道，「你怎麼了？」

李東連忙回神。

「沒什麼，只是覺得有些刺眼。」

刺眼？這邊沒窗沒門的，哪裡有那麼亮的光？徐一飛不解。正在此時，楊銳一用力，已經推開了推門。

小門被緩緩打開，一絲光線從門縫間透了出來，隨即越擴越大，直射在靠近樓梯的每個人臉上，真的有些刺眼。

門打開，可以看見在光線中漂浮的一些細小灰塵，肉眼幾乎不可見的小微粒，反射出閃亮的光芒。像是在空氣中飛舞的小精靈，緩緩地隨著氣流飄蕩著。

等到所有人回過神來時，楊銳已經登上了閣樓，聲音從上面隱隱傳來。

「周奕君？」

聽出他的聲音有些奇怪，所有人都是心下一緊。

「怎麼了怎麼了，他出事了？」徐一飛連忙衝上去，而李東緊隨其後。

本就狹窄的閣樓在擠進三個人後，更是顯得擁擠，彷彿連空氣都窒住了。徐一飛想要深吸一口氣，可剛張開嘴準備呼吸就覺得不對勁，這房間也太悶了吧！

「呼，呼……這閣樓怎麼這麼悶，我都快憋死了。」

他說著話，卻覺得身旁的兩人都沒有理自己，回頭一看，楊銳站在光線照不到的角落，看不見表情，而李東則是瞪大了眼睛，像是看到什麼不可思議的事情。

這間閣樓，不過兩三坪的空間，擠下了三個大男人已經是極限。這就意味著，在這個窄小的空間裡絕對不可能藏得下第四個人。那麼，周奕君呢？

閣樓的小圓窗緊閉著，日光透過玻璃照射進來，落在地上，落在牆上，也落在每個人身上。狹小的空間內，他們腳下的影子也彷彿被扭曲，歪歪斜斜，宛如畸形。

「怎麼可能，人竟然不在！」李東難以置信，快步走到幾步外的小圓窗那，用力地掰了幾下。

「別白費力氣了，那窗子打不開，鎖死了。」楊銳在他身後道，「周奕君不在這裡。」

「那他會去哪?!」李東似乎有些魔障了，「不在木屋，沒有人看到他下來，現在又不見蹤影！他可能去了哪?!」

「大東？」徐一飛看著他，覺得有些害怕。

李東此時的表情實在是猙獰得有些恐怖，青筋外露，眼白凸顯，像是要食人的野獸。

「李東。」

楊銳突然輕喊了一聲：「大家都還在樓下等，你還要在這裡待多久？」

李東失魂般地重複：「下去？」

「要是你想一個人待在這，也隨你。不過就算待再久，不見了的人也不會突然出現。你……」

「班長！班長，大事不好了！」

就在三人僵持在閣樓上時，樓下傳來女生們驚慌失措的呼喊。楊銳聽見後，顧不上其他，飛也似地跑到樓下。

「怎麼了？」

「班長，柳韻韻她，她——！」

一群人圍在楊銳身邊，神色都跟見鬼了一樣。

「慌什麼，說清楚！」

「韻韻她不見了！」趙妍幾乎都要哭出來了，尖聲道，「我剛才去看她的時候，發現她不在沙發上了！明明之前還在的，就這麼一會工夫。」

楊銳皺眉，看向那邊客廳，突然看到了什麼，眉毛一挑。

「你們剛才有誰去過屋外？」他問。

「沒有啊，都在樓梯這等著你們，就聽見趙妍說柳韻韻不見了，我們才去客廳看了一下。」

「怎麼了，班長，幹嘛問這個？」

楊銳沒有說話，只是視線一直盯著地板，其他人順著他的目光看去，也驚呼出聲。

「啊，這是什麼！」

「天，什麼時候出現的，剛才明明還沒有！」

「好可怕……」

徐一飛和李東從閣樓上下來的時候，只看到所有人都緊盯著地上看，跟被定住了似的動也不動。

「看什麼呢？」徐一飛隨口問，也隨之看去，接著一愣。

只見昨晚拖得乾乾淨淨的地板上，不知什麼時候多了一排泥腳印。那腳印帶著潮溼的泥土，一步，一步，從大門口，一直延伸到眾人身前。

然後，停在某個房間前，就這樣戛然而止。

只這麼一排有來無回的腳印，像是有什麼看不見的東西偷偷潛入了屋內，躲在暗處，悄悄地窺視著他們。

掌心感覺到一陣刺痛，李東臉色發白，雙拳緊握，死死地盯著那排腳印。滿眼都是不可置信及恐懼。

還有——憎恨。

赫颯與林深不在山上。

周奕君不見蹤影。

而現在，柳韻韻也憑空消失。

這間屋子好像會吃人，將住在它裡面的人們一個接著一個吞噬。

只留下那排長長的泥腳印，從門邊一直延伸到每個人心裡。

楊銳看了下時間，離正午還有兩個小時三十二分鐘。

時鐘滴答地走著，兩個小時又三十二分鐘，足夠發生些什麼？

終於結繭了。

毛毛蟲開心地想，滿心歡喜地以為自己會蛻變。然而等它費盡力氣破繭而出，卻發現自己擁有的並不是美麗的彩色翅膀，而是又灰又醜，像是枯葉一樣的雙翼。

原來即使破繭而出，也不是每隻蟲都可以變成蝴蝶。

有些蟲子，即使蛻變也不過是變成一隻見不得光的飛蛾。看著天上翩翩飛舞的蝴蝶，它不甘心。因此而衍生出的情緒，在某個陰暗的角落滋長著。

滋長著，逐漸扭曲，脫離原軌，像那畸形的第六根手指。

數一數，數一數，喂，這是誰藏起了自己多餘的一根手指。醜陋而又畸形，掩藏在心底，只有自己知道的——第六根手指。

誰的，誰的，藏著祕密的第六根手指。

不想被人看見，不願被人發現，然而卻越來越扭曲，越來越無法隱藏。

直到，再也無所遁形。

藏著祕密的第六根手指，畸形的第六根手指，深埋在心底的第六根手指。

每個人都有的，那第六根手指。

第四十二章　第六根手指（八）

「下雨了。」

頭上感覺到一絲涼意，再抬頭看時，有雨滴調皮地鑽進眼中，只能讓人低下頭拚命地眨眼。

「這幾天老是下雨，路一直不乾，太難走了。」赫諷一邊抱怨著，一邊戴起衣服上的帽子，將自己的臉縮在帽兜裡。

林深回頭，就見到一個高個子的男人縮著肩膀，跟個小孩似地戴著兜帽躲雨。本該是覺得好笑的畫面，他卻覺得有幾分可愛。想想看一個高挑的男人在寒冷的細雨中簌簌發抖的樣子，即使林深並不知道世上還有「反差萌」這個詞，但是這一刻他也深深體會到了。

不過，無論心裡怎麼想，現實中他只是走上前去重重拍了赫諷一下。

「靠，好痛！」赫諷被他打得一個踉蹌，看著林深頭也不回地越過自己，向山上走去。

「你就是這樣對待一個勤勞刻苦的員工的嗎？太沒良心了。」

「對員工，我沒有要溫柔對待的義務。」林深頭也不回道，「只是一般的雇傭關係而已。」

「……」赫颯聞言，只能默默看天，無語淚雙流，「就算是真心話，聽你這麼說出來也太讓人心寒了。」

林深淡淡道：「在我看來，無論是對誰都可以露出笑容，都可以裝出溫柔的人，才更讓人心寒。」

「你怎麼好像話裡有話？」

「有嗎？」

「絕對有！你一定是在指桑罵槐！」

「好吧，那你想對了。」

林深踏前一步，看著腳下深深陷進去的一個泥印。

「我不喜歡別人對我偽裝出的笑容，也不喜歡對別人露出偽裝的笑容。所以每當看到你這麼做，就會很不開心，這麼說你滿意了嗎？」

他這麼直白，倒讓赫颯一時有些反應不過來，他抓抓腦袋，有些尷尬地說：「我、我也沒有總是對你假笑吧。」

「『沒有』？『總是』？」

「好吧好吧，我最近都沒有那樣做了！你沒發現嗎？」

「發現了，所以這陣子老是對我橫眉豎眼。」林深道，「就差沒把我當傭人使喚。」

「靠，對你假惺惺地笑你不喜歡，對你表露本性你也不喜歡，你怎麼這麼難伺候！」赫颯暴躁了。

「難伺候？或許吧。」林深突然站住不動了，「所以在你眼中，我是個難相處的人嗎？你是不是一直覺得我很煩？」

話題究竟是怎麼進行到這裡的？一開始他們是在談論天氣吧，怎麼說著說著就變成這種尷尬的氣氛？

赫颯有些不知所措：「沒，我不是那麼想的。」

「……」

「雖然你人很古怪，但是有時候也是很古道熱腸。」

「……」

「我是說真的，現在很少有像你這樣完全不掩飾自己的人了，有時候我還真的挺佩服你，不用偽裝，不用戴著面具，也能一個人活得自由自在。」赫颯說著，似乎是想到別的地方去了，「也只有在這個地方才能這麼生活吧，要是在外面……」

「赫颯。」

「呃，嗯？什麼，叫我？」

「把你的手機拿出來。」

哈？關手機什麼事？他們兩個現在不是在談論很嚴肅的問題嗎？

赫颯一邊疑惑著，一邊還是聽話地掏出了手機，解鎖螢幕那麼一看，驚訝道：「有訊號了！之前在屋子裡明明都沒有訊號！這是怎麼回事？」

比起他的驚訝，林深似乎早有預料。

「因為我們走出了『範圍』。」

「範圍？」

「遮蔽器的範圍。」林深說，「雖然我很少外出，但是至少還是知道現在有一些儀器可以阻斷手機訊號，這不就是你引以為豪的高科技嗎？」

「是有這麼一種設備能遮蔽電磁訊號，像是干擾器之類的東西吧。」赫颯瞪大眼睛，「你是說，木屋裡有人帶著訊號遮蔽器？」

「不然你以為呢？突然手機就收不到訊號，會有別的原因？」

「嗯，比如電信公司員工集體罷工之類的？」

林深不去理會他白痴的想法，轉頭看向山上，道：「當局者迷，繼續待在那屋裡，有些事情我們一直無法看清，所以我才說要出來。」

「因為在外面，才可以更清楚地看見事情的真相嗎？」赫颯若有所思，「那接下來我們要怎麼做？」

「怎麼做？」林深笑笑，「當然是等那個猶大自己露出馬腳。快了。」

很快，被焦躁與恐懼包圍住的猶大，就無法保持自己的冷靜了。

「還有多久？他們說什麼時候才回來？」

這已經是第三次了，李東詢問時間。

楊銳都沒看掛在牆上的時鐘，回道：「最快也要兩個小時。」

「大東，你都問這麼多遍了，幹嘛這麼急？」有人不禁問道。

「能不急嗎？現在周奕君不見了，韻韻也不見了，偏偏該死的我們還不能出去，都不知道他們兩個人有沒有出事！而且韻韻還受著傷！」

比起失蹤的周奕君，李東似乎更為擔心柳韻韻：「她一個人究竟是怎麼出去的？她受傷不重嗎？她是什麼時候醒的？這些我們一點都不知道，萬一她出事了怎麼辦！」

「大東……」一旁也同樣憂心的趙妍勸說他道，「不要太擔心，韻韻她一定會沒事的。」

李東看了看她，艱難地點了點頭。

一邊，盧夢和身旁的同學竊竊私語：「李東什麼時候和趙妍還有柳韻韻那麼要好了？」

「妳不知道？就前陣子啊，不知不覺就好上了，那時候班上還有人傳李東是看上柳韻韻了。」

「還有這回事？」

「是啊，有一陣子他和柳韻韻天天膩在一塊，比情侶還難捨難分，不知道整天在一起幹嘛。」

盧夢聞言，眼睛閃了閃，再看向李東時就帶了些不同的意味。

「班長，我想出去透氣可以嗎？」徐一飛舉手，「剛才在閣樓上差點憋壞我了，我想出去透透氣。」

「我說過了，在木屋的兩位主人回來之前，哪都不能去。」

「我絕對不外出！」徐一飛舉手，「只是想透透氣而已，我剛剛發現，客廳那邊的窗戶好像可以打開，外面是一條小路，通向大門口，我就在這條路上逛逛，可以嗎？」

「咦，還有這條路？」

「我們怎麼沒有發現？徐一飛你是在哪裡看到的？」

徐一飛帶著眾人去認路，他指著客廳靠近走道的一面窗戶，道：「喏，就是這扇，我剛才打開窗戶才發現，按照這屋子的構造，外面的那條小路應該是通向大門的，你們看。」

他推開窗子，所有人看去。只見一條泥濘的小路顯現在眼前，說它是路，不如說是木屋的房間與房間的外牆之間留下的一條縫隙，曲曲折折，走到盡頭的時候，卻發現已經回到了木屋的大門口。

這是一條不容易被發現的祕密通道。

「這條小路旁邊都是牆壁，你也不用擔心我跑到別的地方去，就像是一條迴圈的隧道，從窗戶出去，再從門口進來。怎麼樣，安全吧？」徐一飛炫耀著，「這樣也不算是我跑出去了，還是在木屋的範圍內啊。」

「徐一飛，你真屌，這樣都能被你發現！」

「嘿嘿。」

「那班長，這樣可以嗎？」

看著周圍一雙雙齊齊看著自己的眼睛，楊銳無奈地歎了口氣：「只能一直沿著路走，不准離開門口。」

「遵命！」

呼啦一下子，一群大學生像是被放風的犯人一樣，全都從窗戶跳了出去。只見不到半分鐘，一群人又呼啦一下從正門口鑽了進來。

「真的耶，好快啊！」

「祕密通道，祕密通道！」

楊銳無奈地抱臂，看著這群玩嗨了的年輕人一圈又一圈地跑，而窗臺上也被踏得都是腳印。等到回過神來的時候，整間木屋裡就只剩他一個人，其他傢伙都迫不及待地玩起這個兜圈子的遊戲。就連心神不定的趙妍，也被同伴拉著出去散心。

聽著窗外的驚呼和笑聲，楊銳無力地笑笑，也真是憋壞他們了吧，連這種無聊的遊戲都能玩得這麼開心。

「啪嗒，啪嗒。」

通向祕密通道的窗戶似乎是有些卡住了，窗扇被風吹打著，發出奇怪的拍打聲。楊銳皺眉，突然覺得這個聲音似乎有些耳熟。

在哪裡，在哪個地方，他曾經在半夢半醒中聽過一樣的聲音。

深夜，詭異的啪嗒聲，一聲巨響。然後便是女人淒厲的尖叫，那是——

楊銳猛地轉身，迎上一雙冷銳的眸。

「是你！」

躲在黑影中的人勾起嘴角，緩緩舉起手中的物品。

「嘭咚——！」

門口，正要踏進大門的徐一飛突然一愣，伸手推開大門。

「班長？」

回應他的，是空空如也的客廳，還有那被風吹起的窗簾。

一晃，一晃，猶如白衣的幽靈，在對著空氣招手。

來呀，來呀，躲哪裡去？躲哪裡去了？

還藏得起來嗎？

——那扭曲醜陋的第六根手指。

「你孫子傳訊息啦，你孫子傳訊息啦！」

「你孫子——！」

赫諷掏出不停作響的手機，淡定地按向觸控式螢幕，喧嘩的新訊息通知這才停了下來。

「嗯？」他抬頭，「看我幹嘛？」

「沒什麼。」林深心想，以後一定不傳簡訊或打電話給這傢伙，死都不要！

「終於！等了大半個月，貨到手了！」赫諷看完訊息後，興奮地叫道。

林深疑問：「貨？」

赫諷神祕一笑。

「是我拜託朋友查的一些資訊。」

他晃了晃手機螢幕，道：「說不定在這一次的事情中，也會派上用場。」

赫諷心滿意足地收起手機，突然想起一件事。

「對了！住了這麼幾個月，我都還不知道你的電話號碼。快快，報出來！」

林深扭頭。

「沒有。」

「什麼？」

「我沒有手機這種東西。」

本來還想有空去買一支的，現在聽到赫諷這麼沒品的通知音效，林深堅決地抹消了這個打算。

手機這東西，有很必要嗎？

只要身邊隨時有個帶著手機的人就可以了吧。

「喂喂，真的假的？現在小學生都用哀鳳了，你竟然沒有手機！」

那邊的赫諷還在驚訝，林深打從心底不想繼續這個話題，便道：「回去吧。」

「回去，這麼急幹嘛？」

「下雨了。」林深看了眼天色，道，「要在雨下大之前，把所有事情解決掉。」

第四十三章　第六根手指（九）

後頭傳來一陣鈍痛，絲絲入骨，彷彿直接鑽入腦髓。

躺在地上的人眼皮抽搐，眼珠在底下四處翻動著，這是要清醒的跡象。而在一旁，有個人影坐著，一直沉默地觀察著他。

終於，地上的人清醒過來，他忍著疼痛和暈眩，睜開自己的眼。首先入眼的是一片漆黑，等到眼睛好不容易適應了這裡昏暗的光線後，他才看清了眼前的事物。

這裡似乎是一個儲物間，地上堆滿了東西，沒有窗戶，只有一些細微的光亮從天花板上透了下來。而這麼一個昏暗的地方，竟然還有另一個人。

當看見坐在附近的人影時，他渾身顫了一下，再看清對方的面容後更是驚愕。

「周奕君！怎麼會是你？」

坐在陰影中的人笑了笑，往前略靠一些，一道微光投下來，正好照在他臉上。他說：「為什麼不會是我？班長。」

「班長呢?!」

「楊銳不見了?!」

比起前面幾個人的失蹤，楊銳的不見蹤影就像是一場地震，讓所有的學生們一時間都失了分寸。這種失去主心骨的感覺，讓每個人都緊張失措。無論李東怎麼樣平緩氣氛，都是無能為力，最後他只能道：「既然這樣，為了安全起見，大家都回房間待著吧。」

「等等，回房間？但是班長不是說要大家聚在一塊的嗎？」

「現在出了這種事，楊銳都不在了，他說的話還有什麼用？」李東明顯有幾分無奈，「在還沒搞清楚究竟是怎麼回事之前，我覺得大家還是回房間裡待著最安全。我在外面巡邏，如果發生什麼事情的話就立刻喊我。」

「大東，這樣不行啦，那你不就最危險了？」

「我沒事。」李東搖了搖頭，「你們先進屋吧，我在外面守著。」

最後，男生女生們還是聽從他的意見，各自回房。只留下李東一個人在客廳站著。在只剩他一個人後，他看了看被床單隔離開的那個區域，走上前挑起床單。沙發上，只有一片淩亂的痕跡，原先躺在這裡的女孩早就不見蹤影了。

「柳韻韻……」他低低呢喃著，眼中閃過一抹複雜的情緒，像是憐憫，又像是嘲笑。

他還記得那個女孩在自己面前忍不住流下淚時的表情，記得她被家庭的困難所壓迫時的憂鬱和絕望。這樣可憐的一個女孩，這樣可憐的女孩……

「啪——噹啷！」

似乎是有石頭擊打到窗戶上，正沉浸在自己思緒中的李東猛地抬頭。

「誰?!」

窗外，天空正一點點地聚集起烏雲，卻沒有人回答他。

就在他懷疑是自己多心時，又是一聲石頭擊打窗戶的聲音，李東耐不住了，走到那扇窗前，推開看出去。

窗外，一道白影一閃而逝，像是白裙的一片衣角。

「是誰？」李東瞳孔緊縮，「出來！不要裝神弄鬼！」

他疑神疑鬼地大吼著，然而窗外空曠的院子裡，除了幾株番茄的綠葉在搖擺，沒有任何動靜回應他。李東臉色發白，腦海中不斷閃現過剛才的那一抹白裙。

如果沒記錯的話，那是柳韻韻穿的白裙！沒錯！

柳韻韻她還在附近嗎？她能走動了？她為什麼要這樣裝神弄鬼，她……

「難道是想報復我？」緊緊握拳，李東咬牙切齒道，「不，不可能！她不會那麼做，沒有理由！我都是為她好啊，為她好。」

這個可憐的、憂鬱的、被生活所困的女孩，給予她最終的安寧才是一件慈悲的事情。從此擺脫了塵世煩惱，擺脫了一切憂愁，那樣不好嗎？

所以他才會、才會……

「唰啦啦——！」

「誰?!」

李東猛地回頭，卻看到徐一飛愣在原地。

「啊，那個我，只是想出來喝口水。」徐一飛看著李東，下意識地覺得現在的他有些不對勁，不由得就後退了一步。

「你怕我？」李東注意到他的退縮，不解道，「你怕我幹嘛？」

徐一飛連忙解釋：「不是，我只是嚇一跳。」

「嚇一跳，為什麼，因為我嗎？」李東不依不饒，「為什麼會被我嚇到，為什麼要躲我？」他的眼睛裡凝聚著某種黑色的情感，「我為你們做的這些，難道你們就看不到嗎？」

他的雙拳緊握，像是一根木頭似地站在原地。

「大東？」

「所有人都是這樣……」李東咬緊牙，「像周奕君那樣傲慢地對你們，你們反倒像受虐狂一樣畏懼他；像楊銳那樣管東管西，你們都乖乖地聽話，卻一直沒有把我放在眼裡，因為我不起眼嗎？一直以來都沒有人關注我，我就永遠只能當個陪襯，哪怕再努力，也永遠都只是個小丑。楊銳他……楊銳那個傢伙！他更可恨，更可恨！」

李東眼裡幾乎冒出火花，對於他來說，哪怕是嘲笑和譏諷，都比不過楊銳那看透一切後的憐憫。看穿他的卑微，看穿他的懦弱，然後卻裝作什麼都沒看見，這種高高在上的憐憫，他不需要！

「你們都看不到嗎？啊！」李東突然大吼一聲，「明明比起自我中心的楊銳，比起傲慢的周奕君，我可以算是有求必應！我什麼不為你們做？我哪裡不如他們？為什麼在你們眼裡，我還不如那兩個人！楊銳就算了，竟然連周奕君那種傢伙都可以把我踩在腳下！」

「大東！」徐一飛真的被驚住了，李東的突然爆發讓他手足無措，「大東你……那是什麼！」

就在徐一飛斟酌著不知該怎麼應對眼前的場景時，他的注意力被窗外一閃而過的某道白影奪走。

「那是……柳韻韻？」

李東猛地回頭，他沒有來得及看到那抹白影，卻比看到白影的徐一飛更加激動。他嘴裡喃喃念著什麼，接著推開門就衝了出去。就連徐一飛在身後大喊，他也顧不上了！

他眼中只有剛才窗外閃過的那抹白色裙角，只有那個一直抹不去的人影——柳韻韻，早就應該消失的柳韻韻！

李東追出去沒幾秒，徐一飛一個人呆愣在原地。

「這……這到底是在搞屁啊？」

他抓了抓腦袋，對著虛空拜了拜。「班長，你要是在天有靈，能不能顯個靈告訴我是怎麼回事？天靈靈，地靈靈，班長大人快顯靈……」

「徐一飛，我還活得好好的，麻煩這些話等五六十年後再說。」

背後傳來陰陰的一聲，徐一飛渾身一抖，連忙轉身，看到楊銳正拍著身上的土，從地板下鑽出來。

沒錯，正是地板！不，準確來說應該是地窖，而在楊銳爬出來後，緊跟在他身後的那個人更是讓徐一飛嚇了一跳。

「周奕君！」他瞪大了眼，「你不是失蹤了嗎？」

和楊銳一樣從地窖爬出來的周奕君挑眉，「誰說我失蹤了？」

「可是、可是我們之前去閣樓找你的時候，你人不在啊。」

「廢話，我要是在那，早就被人悶死了。」周奕君翻了個白眼。

「那你之前都在哪裡？為什麼會和班長在一起？還有柳韻韻呢？這一切究竟是怎麼回事啊？對了，李東他的樣子很不對勁，我有點擔心他，我們快去追他吧！」

「放心好了，李東的那個樣子才是正常的。」

屋內傳來屬於第四個人的聲音，徐一飛回頭一看，本來就瞪大的眼睛幾乎都要脫窗了。

一個他們都認識的男人正站在門口，單手撐著門框，擺出一個瀟灑的姿勢，看起來很有氣勢。

前提是，忽略他身上那件滑稽的衣服的話。

赫颯見屋內三人齊齊都向自己看來，尤其是都看著自己身上那件非常不合身的白色長裙，有些尷尬地笑了笑。

「喂，這可不是我異裝癖，一切都是有原因的！等一下再跟你們解釋。」他提了提裙子的裙擺，笑道：「何況不穿這件衣服，怎麼扮小紅帽引大野狼出來呢？」

「赫大哥，這到底是怎麼回事？」徐一飛越來越摸不著頭腦了。

「說來話長，還是先將事情都解決了，我再慢慢解釋。」赫颯想了想，朝幾人身後大聲地拍了拍手，「小朋友，出來集合了！」

集合？徐一飛疑惑地看過去，只見走道內一間房門被打開，接著，盧夢和趙妍兩個女生走了出來。

「怎麼樣，結果出現了沒有？」赫颯向她們詢問。

「嗯。」盧夢點點頭，「我按照你們教我的說了，反應最大的就是李東。不過，這有什麼意義嗎？」

「意義？」赫颯笑，抬頭看了下時鐘，「你們等下就知道了。嗯，現在也差不多是時候。」他說著，開始倒數：「三，二，一。」

最後那個音落下的同時，窗外傳來一聲淒厲長號，和那晚柳韻韻淒慘的呼號一模一樣，不，是更加悲慘。

在場的所有人幾乎都抖了抖，除了赫颯以外。

「總算是要落幕了。」

推開門，赫颯走出去，又轉身對幾位學生道：「要不要一起來看看？」

「看什麼？」徐一飛問。

赫颯提起嘴角，掏出手機把玩。

「當然，是去看一個笨蛋如何把自己害死啊。」

被扭曲的心，被歪曲的自卑，得不到認同的憤怒和不甘，逐漸逐漸地在心底演變成惡魔。

每個人都有祕密，每個人都有陰暗的一面，然而有些人卻學不會自我約束，最終，讓這變形的第六根手指淹沒了自己。

可怕，可悲。

「喂，瘋子。

你上次讓我查的資訊我查到了，那家自殺網站的註冊ID一共有兩千三百六十二個，最近半年還登錄過的有九百八十六個。我都傳給你了。」

「東籬下，註冊時間：2010年9月18號」

「柳依依，註冊時間：2010年5月4號」

赫颯收起手機，早已經把這兩個名字牢牢記在了心底。

「喂，楊銳，那時候提出要來綠湖森林郊遊的人是誰？」赫颯插著口袋問。

「李東。」

「哈，我就知道。」

這下樑子結大了。赫颯想，麻煩了，真是麻煩了。

那個該死的自殺網站，還有那啥黑夜、白夜，這下別想自己再放過他們。

他們真的是惹上了大麻煩。

第四十四章　第六根手指（十）

哈，呼，哈，呼。

奔跑著，雨滴從天空飄落，沾在髮絲和身上，讓全身都變得粘粘的。

不行，必須得去，必須得過去。奮不顧身地在大雨中奔跑著，她的目光執著地追向前方。

必須得去那，因為那裡有……有……

女孩的身影奔入小樹林，踏入早已精心設置好的圈套。腳下的每一步，都是危機重重。

當觸動陷阱的那一刻，竹刃飛快地穿透身軀的痛苦，讓她不由得撕心裂肺地大喊起來。

——啊啊啊啊啊啊啊啊！

「啊啊啊！好痛，好痛！我不要，不想死啊！」

「救我，救我。」

李東在草叢裡翻滾著，拚命地捂著自己的腹部，痛苦地哀號。

「好痛，好痛啊！」

地上，幾枚削過的竹刃無力地掉落在一邊，剛剛陷阱發動的那一刻，快得幾乎來不及躲閃。就算他第一時間選擇了避開，仍然來不及完全躲過。

尖銳的竹刃足夠穿透人的腹部，造成致命威脅。

李東躺在草地上，疼痛得臉色發白，他滿臉的不可置信。

「怎麼會，這裡怎麼還會有陷阱……明明都已經……」

「明明都已經被柳韻韻觸發了，為什麼陷阱還在，是吧？」

清幽的聲音從身後的密林傳出，一個人隨之走出來。他深褐的瞳孔好似無機質的玻璃珠，冷冷地凝視著躺在地上的李東。

「被穿透腹部的痛苦，現在你也體會到了，感覺如何？」

「你、你……」李東瞪大眼，「你怎麼會在這？」

來者掀起嘴角，露出一個嘲諷的笑容。

「因為會說謊的人不只你一個，蠢貨。」蹲下身，林深譏嘲地看著李東，「對你說我們下山了，我們就一定真的下山了嗎？你母親沒有告訴你，不要輕易相信陌生人的話？比起柳韻韻你簡直愚蠢百倍，最起碼她是被自己信任的人欺騙，而你……則是被自己的傲慢欺騙。」

他壓低聲音，湊近李東的耳邊。

「你說，要不要就這樣把你拋在密林，讓你一個人痛苦地死去，作為對你說謊的懲罰？」

李東恐懼地瞪大眼睛。

「不，或許在你因血流光而死之前，就已經被循著味道而來的野獸給啃食乾淨。它們會從傷口剖開你的肚子，先吃掉你柔軟的內臟，再開始撕咬你的肌肉。運氣好的話，說不定在心臟被吃掉前，你都還能清醒地看到這一幕……你說呢？」

「你、你這個……」

「林深！」

赫諷等人從屋裡追過來的時候，看到的就是李東一臉慘白地捂著腹部蜷曲在地上，而林深則在一邊冷眼旁觀。

「這是怎麼回事？」楊銳疑惑。

「沒什麼。」林深站起身，「略施薄懲而已。」

「薄懲？」赫諷狐疑地看了林深一眼，看李東那見鬼的表情，就知道林深一定沒做什麼好事。

不過看他裝作若無其事的樣子，赫諷也懶得再多問，只是路過林深的時候，狠狠瞪了他一眼。

裝，讓你再裝！別以為我沒看透你的本質！

對此，林深回以明媚一笑。

赫颯立刻跟見鬼似的，飛一樣竄到李東面前。

「喂！」他上前踢了踢李東，「你還想要在地上裝死多久？」

迷迷糊糊的李東聽見別人的聲音，掙扎地抬起頭，看見站在赫颯身後的楊銳，立刻像看到救星般飛撲過去。

「楊銳！救我，救我！我不想死啊，他們要害我！」他像念咒一樣不斷碎念，「救我啊，快送我去醫院！」

見楊銳久久沒有反應，李東突然明悟過來，眼前的這些人都不會救自己。是啊，他們那麼厭惡自己，怎麼會救自己呢，只會見死不救吧！

這些該死的人，該死，該死的是他們啊！

見李東表情猙獰，又滑稽地在地上翻滾，楊銳涼涼道：「你究竟要我救你什麼，李東？」

「傷口啊！我受傷了啊，你沒看見嗎？滿身都是血！我好痛啊！楊銳，我好痛啊。」李東發洩般地道，「我不想死，我還不想死，我不會讓你們得逞的！」

一會，他又神經質道，「楊銳，你救我，救救我！」

「我救不了你。」楊銳冷漠地拒絕。

「你——！你們這些人，都是這樣！」

「李東。」楊銳打斷他，「我倒要問你，你的傷口在哪？」

「當然是腹——」李東說著，自己低頭去看，「傷口，傷口怎麼沒有了？」

他慌亂地在自己腹部四處亂摸，但是那裡除了衣服有些淩亂，什麼傷口都沒有，甚至連衣服都沒有被劃破。

「為什麼，為什麼！」李東掙扎著奔去看地上的竹刃，拿起來以後才發現，這哪是什麼竹刃，只是用細枝纏起來的竹葉而已，這樣的東西當然傷不了人。

「哈哈，我沒有受傷，沒有受傷！」如釋重負地坐倒在地上，李東哈哈大笑起來，「你騙我，你騙我，我根本沒有受傷，哈哈，哈哈哈。」

林深冷漠地看著這樣的他，道：「是，你沒有受傷，但是你仔細想想，受傷的人是誰，血流滿地的人是誰，痛苦得哀號的人是誰？而現在，她又在哪？」

「誰……誰……是柳韻韻！是她！」

「那麼，再想想，地上的那串腳印是誰的？」

「腳印？」

「是啊，昨天夜裡在窗邊偷聽我們說話，又在客廳留下一串腳印的人，是誰？」

「是誰？」李東似乎中邪了，跟著呢喃，「是我，是我留下的腳印，我發現了窗邊的小道，就將柳韻韻約到了密林，然後自己從外面跑了回來。」

半路，看見赫颯的房中有燈光，他才連忙跳到窗外。所以，那串腳印才會在窗戶和門口附近戛然而止，然而那時候夜裡情況緊急，根本沒有人注意到窗臺上的腳印。

而在所有人都走出屋子，追逐著外面的尖叫離開後，李東才從窗子外面悄悄爬進來，去喊醒熟睡的楊銳，裝作是最後幾個才發現情況的人。

那不是一串神祕消失的腳印，而是留下腳印的人借機躲到別的地方去了。這種事情，赫颯他們也不是第一次遇到。兩人彼此對視一眼，大致驗證了心中的猜測。

這樣事情就明瞭了，從頭到尾都是李東在搞鬼，而在徐一飛發現窗邊的祕密通道後，敏感的楊銳也發現了不對勁，再加上他原本就在戒備李東，所以才會被李東打暈，扔到地窖裡去。

至於為什麼會在地窖裡遇見周奕君，這就是另一件事了。

「不，不是那串腳印，你再仔細想想，今天早上在屋子裡發現的那串腳印，是誰的？」

然而，林深似乎不打算就此放棄。

「柳韻韻呢，她受了這麼重的傷，人去哪了？」

「腳……印？」李東猛地瞪大了眼，「早上的腳印！」

「和昨天你留下來的腳印一模一樣，是誰做的，誰留下的？」

「誰……」

「柳韻韻明明受了重傷，為什麼人卻不見了？」林深繼續道，「不覺得奇怪嗎？」

不覺得奇怪嗎？

不覺得奇怪嗎？

受傷卻消失的柳韻韻，和昨晚一模一樣的重複的腳印，難道只是一個巧合？

「從昨天晚上開始，你們見到的柳韻韻真的是柳韻韻嗎？」林深低聲道，「在被單後面的那個人，你看清楚了嗎？」

躲藏在被單後的那道人影，模模糊糊的一道黑影，不斷低聲悲鳴的人。是從什麼時候開始，悲鳴聲停止了？是從什麼時候開始，他們只能隔著被單去確認她的身分？

事實上，被單後的那抹身影真的是柳韻韻嗎，是……還活著的柳韻韻嗎？

她是不是其實昨天晚上就不治而亡了，是不是早就已經死去了。

那留下腳印的會是誰，不見蹤影的又是誰？

那，會不會是悄悄在白日潛伏回來，為自己報仇的幽靈？不甘死去的幽靈，向害死自己的人復仇……

「啊啊啊啊啊！不是我，不是我殺妳的！」李東突然抱頭蹲在地上，「不要來找我啊！不關我的事，我也只是聽命行事，聽命行事而已！」

「誰的命令？」

「黑夜，黑夜，是他，都是他叫我這麼做的！」

「他怎麼聯繫你？」

「手機！他會傳簡訊給我，都是他叫我這麼做的……他說柳韻韻背叛了我們，她拋棄了我們的教義，她該死，我只是聽他的命令而已，不關我的事啊……」

頭頂的烏雲漸漸凝聚，光線又開始昏暗下來。

林深看了看天色，再看著因為恐懼而瑟瑟發抖的李東，淡淡道：「想要解釋，等你見到柳韻韻再自己去跟她說吧。」

「嗚嗚……不，不，我不想死，不想死……」

看著李東的模樣，周圍的人卻沒有誰覺得他可憐。

自作孽，不可活。

他以為自己努力卻得不到想要的，從而產生偏執和固妄，卻從來沒有想過，是不是自己的方法有錯誤。

一味屈膝諂媚地討好周圍的人，無限度地貶低自己去滿足他們，這樣怎麼可能會獲得別人的認可。

人，只會對與自己地位平等的同類產生友誼和尊敬。

一開始就將自己的位置放得那麼低，去盲目地討好別人，怎麼能夠得到他想要的？

別人的尊重，不是靠討好得來的，而是要自己先尊重自己。

然而李東，卻一直沒有學會這一點。

「嗚嗚嗚，唔，哧，嗚嗚嗚，哇——！」

在李東的嗚咽聲外，還有一個很不協調的號啕大哭聲，眾人一臉黑線地回頭，只見徐一飛哭得滿臉鼻涕眼淚。

「柳韻韻！嗚哇，妳死得好慘啊！好可憐。」吸一下鼻涕，繼續哭，「妳放心吧，我以後會每年都來這裡祭拜妳的，不過，嗝，妳做鬼以後千萬不要來找我，嗚嗚，我會每年幫妳燒香的……」

「徐一飛！」楊銳哭笑不得，「你在幹什麼啦！」

徐一飛吸著鼻涕，淚眼模糊地看著他。

「哭喪啊，柳韻韻死得這麼慘，按我們老家的習俗，要是沒有人幫她哭喪，她會變成厲鬼找回來，嗝……」又一個哭嗝從他的喉嚨裡冒出來，看來徐一飛真的是哭得很撕心裂肺。

楊銳滿頭黑線。

「誰說她死了？」

「可是，剛才林……」徐一飛轉手一指，看到的卻是林深頂著一張無辜的面容。

「我可沒有說柳韻韻死了。」

「可你剛才和李東說……」

「我只是問他，有沒有想到今天早上的腳印是誰的，還有柳韻韻去哪了而已。」林深瞥了一眼還在地上打顫的李東，「是他自己想得太多了。」

「那腳印……」

「是我。」

周奕君道：「我早上出去摘番茄回來忘記換鞋，把地板踩髒了，發現後，就回屋換鞋去了。」

難怪等學生們回頭的時候看到的是地上一串莫名的腳印，原來腳印的主人此時就在離他們不到幾米的屋內。

「但是你原來不在屋子裡啊。」

「我在，只是你們沒發現，其實早上聚會的時候，我也在客廳。」周奕君這麼說道。

「客廳？可是那時候客廳裡只有我們幾個，加上躺在沙發上的柳韻韻也只有……咦?!」

「那個『躺在沙發上的柳韻韻』就是我。」周奕君面無表情道，「因為昨天晚上被他們提醒，要是繼續睡在閣樓上可能會被某人悶死，所以我就下樓睡了，睡在沙發上。你們說話時我已經醒了，只是一直沒出聲而已。」

「怪不得在哪裡都找不到你！但是後來柳……不，後來你又不見了。」

「那時候去廚房吃早飯了。」

「但是我們也去廚房找過了。」

「嗯，吃完早飯，我又去地窖了。」周奕君看了楊銳一眼，「因為我覺得某個白痴可能會慘遭毒手，所以一直躲在暗處觀察，果然……」

果然，楊銳被打暈扔進地窖，然而李東卻沒有注意到地窖內早有另一個人——周奕君。

「等等！這究竟是怎麼回事？」徐一飛的大腦有些不夠用了。

「事情很簡單。」盧夢和趙妍對視一眼，笑著解釋，「昨天晚上，林大哥和赫大哥兩個人，發現了堵在閣樓小門上的竹塞，就把周奕君喊醒，然後他就一直睡在客廳沙發上，所以到早上為止，大家看到的睡在沙發上的『柳韻韻』其實都是周奕君。」

「然後，當大家上閣樓找周奕君的時候，他才從沙發上偷偷離開。這時候我來告訴你們，韻韻不見了。」趙妍接著道，「其實一切都是昨天晚上安排好的，赫大哥想要試探究竟誰是那個下毒手的人。所以要我們演戲來試探大家，對不起，其實早上我們吵架也是排練好的。」

「那時候提起自殺，就只有李東的反應最激烈，所以他是第一嫌犯。」林深道，「接下來的事情你都知道了，我和赫諷離開故布疑陣，李東就自己露出馬腳了。」

「就是這麼一回事。」

徐一飛滿頭大汗，似乎好一會才消化了來龍去脈。

「就是說，早上我們看見的那個躺在沙發上的人，其實不是柳韻韻，而是周奕君，周奕君其實一直在木屋裡和我們躲貓貓。那麼，柳韻韻呢？她人呢？不會真的……」

「淩晨雨停的時候，我們跑到山腰有訊號的地方打了電話，先讓救護人員把她接走了，現在她應該在醫院接受治療了吧。」

「我找到了！」跑進屋裡翻東西的赫颯回來了，「就是這些，你們看！」

他扔下一個背包，裡面的東西很少。

一雙沾滿泥水的球鞋，一隻手機，還有一個奇怪的匣子。

「這個應該就是訊號遮蔽器，一般學生拿不到吧。」赫颯翻弄著說。

「那就是黑夜給他的了。」

「黑夜……黑夜，找到了！」

赫颯翻著李東的手機通訊錄，在裡面找到了一個連絡人。

「哈，這次總算抓到他的把柄了！我看他往哪裡躲，哼哼。」

正在他得意的時候，一縷微光映照到臉上。所有人抬頭一看，頭頂的烏雲不知什麼時候散開，連小雨都停了。

「這麼快？」有人喃喃道。

「是陣雨。」林深回答，「山林裡的陣雨，下得急，去得快。等到天晴後，什麼痕跡都沒了。」

急匆匆的雨，帶來一陣凌亂的風，而一夜過去，一切都恢復原狀。

「這個傢伙怎麼辦？」赫颯拿著手機，用樹枝捅著還在發癲的李東。

「看他的情況，大概得去和他的前任一起做伴了。」

「精神病院的電話號碼你還存著？」

「嗯，以備不時之需。」

「怎麼覺得每次他們派來的人都被你搞瘋掉了。」

對於赫颯的這句話，林深糾正道：「不是我讓他們瘋了，而是這群人，本身就早已心智不全。」

「這倒也是……」

戳，戳，繼續戳。

身旁的一群大學生，汗顏地看著赫颯一下一下地捅著李東。

「那個，赫颯先生，既然雨已經停了，我們是不是可以下山了？」最終，還是楊銳鼓起勇氣問道。

「下山？」林深挑眉，似乎略有不悅。

「那、那個……要是還有其他什麼事要配合，我們也可以晚一點。」

「晚一點？」林深眉毛挑得更高了，「你們還想在這裡待多久？」

「啊，咦？」

「又沒人鎖住你們的腳，自己下山就好了，難道不知道下山的路，還要我送？」

「不不不，不用了！」幾人連忙搖頭，在林深說出下一句話之前，飛也似地回屋喊人。

不管其餘的人看到失蹤後又重新出現的周奕君和楊銳是多麼驚訝，也不知道他們是怎麼解釋柳韻韻和李東的事情，到中午的時候，這群大學生總算是離開了。

這次下山，沒有人再提出要走小路。

「同學！」

下到半山腰上，他們遇見了穿警服的人。員警們問了一些話後，便讓這群大學生先回鎮上的旅館休息，其他事情等他們下山再說。

「我總覺得，這就像是聊齋志異一樣。」到了山腳，有人忍不住開口，「在這樣的一座深山，偏偏遇到這一連串的事，還有碰上住在深山裡的神祕年輕男人。你們說，會不會其實都是我們的一場夢，現實中我們還躺在床上睡覺，什麼都沒有發生。」

所有人回頭看著身後的山林，驟雨初歇，陽光從雲層灑落，山林裡漫起茫茫的白霧。

此時，那幢林間小屋，那片兩名神祕英俊的守林人，都像是一場夢境，虛幻而不真實。

「是夢的話，你要不要去醫院問問柳韻韻？」周奕君此時冷冷道，「問問她是怎麼做夢做到把自己弄成重傷的，夢遊？」

沒有人再說話了，其實他們都明白，這一連串的事情都是真實的。但是對於這幫涉世未深的學生來說，這些複雜而又難過的事情，他們真的希望只是一場夢。

上山的時候，十四個人，下山的時候，只有十二個人。

無論多想逃避，減少的人數也在提醒他們，這一切都是現實。

大學生離開了這座猶如夢魘的山林，而住在林徑深處的兩人，卻得繼續面對一波接著一波的惡夢。

赫諷興沖沖地撥通了黑夜的電話。

嘟，嘟，嘟……

噠，接通了！

他抓著手機就喊：「喂，你這小子竟敢——」

「對不起，您撥打的號碼已停機……」

機械化的女性自動答覆語音，讓赫颯的滿腔熱血瞬間澆滅。

半晌——

「靠北，不會繳電話費啊！混蛋！」

啪，手機被他一失手甩在地上摔碎了。赫颯傻眼，林深在一邊吹涼風，見狀開口：「呵呵。」

呵呵，今天的天氣不錯。

最少，太陽已經冒出頭來了。

在連續一個禮拜的陰雨天後，綠湖森林迎來了第一個晴天。一切躲在角落的陰霾，都在陽光下煙消雲散。

「喂。」赫颯將手機交給林深，「拿好，我去把那小子綁起來，免得他跑走。」

林深接過手機，無聊地研究著。

咦，裡面怎麼有這個？

他掏出一個指甲蓋大小的東西，紙片不像紙片，金屬不像金屬，又硬又軟的，究竟是什麼？

喀嚓一聲，研究的時候不小心太用力，這小東西被林深掰斷了。

赫颯回頭一看，看到在林深手心斷成兩半的ＳＩＭ卡，當下心都涼了。

「林、深！你幹了什麼好事?!」

當員警們來到木屋的時候，看到的就是難得一見的雇主被雇員痛罵的場景。

而赫颯淚流滿面，有苦難言。

「我最討厭不懂科技的原始人，原始人……」

原始人摸摸他的腦袋。

「乖，員警都來了，別撒嬌。」

撒嬌你的頭啊，你才撒嬌呢！

赫颯扭頭，默默淚奔。

三個小時後，剛儲好值的某人拿起手機，看見一個陌生人的未接來電。

「推銷電話？」

一邊想著，一邊把這個未接來電顯示刪掉。

這是黑夜與守林人的第一次交鋒。

勝者，電信公司。

藏在心裡的祕密，藏在心裡的第六指。

不要隱瞞，不要躲藏，不要驚慌，它伴你而生，像陰與陽。

越是隱瞞，越是躲藏，越是驚慌，它便於陰影處，越是無聲膨脹。

畸形的不是第六指，而是視之為怪異，並為之扭曲的人心。

數數看，數數看，你的右手上，究竟有幾根手指？

一，二，三，四，五……

六。

——《有種你別死02》完

高寶書版集團
gobooks.com.tw

BL048
有種你別死02

作　　者　YY的劣跡
繪　　者　生鮮P
編　　輯　林雨欣
校　　對　任芸慧
美術編輯　彭裕芳
排　　版　彭立瑋
企　　劃　李欣霓

發 行 人　朱凱蕾
出　　版　三日月書版股份有限公司
　　　　　Printed in Taiwan
地　　址　臺北市內湖區洲子街88號3樓
網　　址　www.gobooks.com.tw
電　　話　(02) 27992788
電　　郵　readers@gobooks.com.tw（讀者服務部）
傳　　真　出版部　(02) 27990909　行銷部 (02) 27993088
郵政劃撥　50404557
戶　　名　三日月書版股份有限公司
發　　行　英屬維京群島商高寶國際有限公司台灣分公司
　　　　　Global Group Holdings, Ltd.
初版日期　2020年11月
三刷日期　2022年 3 月

國家圖書館出版品預行編目(CIP)資料

有種你別死 / YY的劣跡著.-- 初版. -- 臺北市：三日月書版股份有限公司出版：英屬維京群島高寶國際有限公司臺灣分公司發行, 2020.11-
冊；　公分. --

ISBN 978-986-361-934-5(第2冊：平裝)

857.7　　109016419

三日月書版

三日月書版

GOBOOKS & SITAK GROUP©